Historias de la Fraternidad

Relatos cautelares de lo que no debemos

ser, hacer o permitir

(Versión Integrada)

Por

Jeremías Martell

Fraternitas VE es una subsidiaria de Publicaciones VE especializada en servir temas y personas relacionadas a las órdenes fraternales.

Derechos de Autor © 2013 Jeremías Martell

Todos los Derechos de Autor Reservados.

Originalmente Publicado 21 de diciembre de 2013

ISBN: 061592042X (Versión Integrada)

ISBN: 978-0615920429 (Publicaciones V.E.)

Una Breve Aclaración

Este libro es parte de un proyecto llamado **Historias de la Fraternidad**. En el cual se presentan las peores actitudes y acciones que plagan las instituciones. Son una ficción, en la cual se busca ilustrar todo lo que no debemos ser, hacer o permitir. De ninguna forma o manera se está escribiendo de alguna persona o institución específica, únicamente se está utilizando un lenguaje conocido por el autor y que es común en las 'logias' del país para transmitir una idea.

Jeremías Martell

En fin, si se siente aludido, revise sus acciones porque no es mi culpa que usted las haya hecho y ahora tenga miedo que lo descubran… su sentimiento de culpa no es mi responsabilidad.

J.M.

Honi soit qui mal y pense

...el único hombre pio de la ciudad de Sodoma, quien caminaba las calles protestando contra la injusticia de la ciudad. Las personas se burlaban de él, lo ridiculizaban. Finalmente, un muchacho le preguntó:

> -¿Por qué continúas protestando contra la maldad? ¿No te das cuenta que nadie te está prestando atención?

Le contestó,

> -Te diré porque continúo. En el principio pensé que podía cambiar a las personas. Ahora, sé que no las puedo cambiar. Sin embargo, si continúo mi protesta, por lo menos evitaré que otros me cambien.

Elie Wiesel, Premio Nobel de la Paz (1986), sobreviviente del Holocausto.

Jeremías Martell

Dedicado

A Mirta Silva, la Condesa y la Comay

Que en paz descansen.

Y a escritores como

Hunter Thompson y Salman Rushdie

PROLOGO

Jeremías Martell

Una Efeméride

El Gran Oriente Nacional y Soberano de las Logias Mixtas en Razas y Género tiene más de 200 años de historia en la isla. Ésta puede trazar su genealogía a las Grandes Logias de Santo Domingo, Cuba, Francia, Inglaterra, EE.UU. y cualquier otra jurisdicción de la cual pudiera reclamar alguna cintila de descendencia.

Todo para añadir a su prestigio.

Se le tiene que conceder que en algún momento los mejores elementos de la sociedad isleña formaron parte de esta fraternidad. Un glorioso pasado. En la cotidianidad actual, el Gran Oriente Nacional y Soberano de las Logias Mixtas en Razas y Género es un ente compuesto por logias de presumidos que creen ser la elite del país.

A principios de los 1800 europeos y criollos 'blancos' (en un principio no aceptaron negros, indígenas, pobres, ni mujeres) se funda en la isla el Gran Oriente Nacional y Soberano de las Logias (lo de Mixtas en Razas y Género se le añadió después). Se establece lo más lejos posible de la capital y las autoridades civiles, además de esconderse de las potestades eclesiásticas. Durante el gobierno europeo y los breves años de autonomía, las logias fueron perseguidas por agrupar a sediciosos, conspiradores y desobedientes a la autoridades civiles y de la iglesia. Esas eran otras logias, que difieren de las logias de la actualidad.

Cuando los gringos invaden la isla, porque los europeos eran muy malos soldados y no pudieron ganar una guerra, en un esfuerzo asimilista, se le permite a las logias operar libremente. Durante la primera mitad del siglo 20 se nutren de los mejores miembros de la sociedad. Comerciantes, empresarios, artistas e intelectuales fueron miembros de las logias. Entre los 1950-1980 las logias cierran sus puertas a la mayoría de los candidatos a iniciación. Este cierre fue una reacción a las directrices del Gran Oriente Nacional y Soberano de las Logias Mixtas en Razas y Género en permitir que pobres y negros ingresaran a las logias. Esta reacción se debió a la percepción (y en su mayoría muy correcta) de que el conjunto de esos pobres y negros solicitaban la iniciación en las logias en busca de favores de las luminarias y latifundistas, capataces y mayorales que pululaban por las logias del país.

Los ricos y poderosos murieron o dejaron de pertenecer a la logia. Porque ya la logia no era un club exclusivo. Durante los 1980 y 1990 en la histeria de ver las logias vacías (y una merma sustancial en los ingresos por cuotas y aranceles) el Gran Oriente Nacional y Soberano de las Logias Mixtas en Razas y Género liberaliza los requisitos, y costos, para ser miembro de una logia. Permitiendo que todo hombre y mujer (*irrespectivo* de su calidad de ser humano) ingresara.

En un acto de autoengaño institucional, o silente rebeldía, los documentos nunca fueron editados y el lenguaje que se continúa usando en las logias es uno completamente masculino. Los líderes de las logias no supieron llevar un proceso de transformación y apertura de la institución.

A pesar que los estándares habían bajado más de lo esperado, y la calidad del 'hermano' de la actualidad ni se asemeja a los estándares del pasado, la mística de ser 'hermano de logia' persiste... y continúan siendo igual de creídos.

Dentro los encopetados 'hermanos de logia' no hay más presumidos que los miembros de la Muy Respetable e Inmaculada Logia Hijos de la Lucerna del Alba. La más antigua logia del país, estatus que lograron por decreto, no por evidencia. La tradición oral de esa logia, la ponía a la vanguardia de las logias del país.

Ellos reclamaban haber trabajado como logia bajo diferentes *Grandes Logias* y *Orientes Nacionales*, previo a la incorporación del Gran Oriente Nacional y Soberano. Pero nunca han podido presentar evidencia de ello. Así que proactivamente pedían la demostración de un negativo a quién retara la inverificable tradición oral. Querían que se presentara evidencia de lo que esa logia no *es* o reclaman *ser*.

La gloria de la Muy Respetable e Inmaculada Logia Hijos de la Lucerna del Alba no duró por la eternidad. Habían pasado casi 100 años, cuando su preeminencia fue retada. Luego de la pelea de dos hermanos, se formó una nueva logia, la Respetable Logia Jerusalén. Eso fue un golpe mortal al ego de la logia madre de Jerusalén. Trauma que nunca pudo superar, y una nueva 'tradición oral' comenzó: la rivalidad con Jerusalén.

El dolor de la logia madre se incrementaba al ver que a través de los años la Respetable Logia Jerusalén sobrepasaba en prestigio, cantidad y calidad de hermanos. Ya la Muy Respetable e Inmaculada Logia Hijos de la Lucerna del Alba no era la principal logia de la isla. En menos de 50 años la hija había logrado colectar éxitos que sobrepasaban los logros adquiridos por su logia madre en sus más de 200 años de vida. No había nada que molestara más a los hermanos de la Muy Respetable e Inmaculada Logia Hijos de la Lucerna del Alba que los triunfos de la Respetable Logia Jerusalén.

Fue este trauma lo que impulsó las *Historias de la Fraternidad*... Es en la lucha de estas dos logias que Jeremías fue iniciado y adelantado por los grados de la logia...

Al Comienzo: Un Melodrama

Jeremías miraba los expedientes que descansaban incómodamente en su escritorio. De sólo mirarlos sentía una extraña satisfacción. La que se siente cuando se ha embarcado en alguna búsqueda y se había conquistado una meta. En cada uno de esos expedientes se encontraba un pedazo de una verdad. Un vistazo para algunos, pero una mirada profunda para todos... y de todos. Una examinación de los que en algún momento llamó 'hermanos'.

Cuando comenzaron los problemas en la logia, Jeremías tenía los recursos necesarios para solucionarlos. Entre 'hermanos de logia' el dinero lo solucionaba todo. Quieres pertenecer a la logia, paga una cuota de membresía... Quieres seguir siendo miembro, paga una mensualidad... Quieres avanzar en los grados, paga las cuotas de iniciación... Quieres avanzar en la jerarquía de la logia, haz grandes 'donaciones desinteresadas'...

En la logia se le obligaba a todos a cumplir con la caridad. Pero era una falsa caridad, la cual se fundamenta en la gratificación del ego. Donde siempre se hacía toda una fanfarria de las donaciones que se hacían a la 'comunidad'.

-Que la mano derecha no sepa lo que hace la izquierda.

En algún momento le comentó Santiago a Jeremías. Mientras lo liberaba de esa carga impura que era su dinero.

Lo perverso era que esta gratificación del ego no era de quienes contribuían más a la urna de beneficencia. Eso sería una vanidad… el pecado del orgullo. Eran aquellos, los que menos contribuían, los más que se jactaban de las donaciones que 'hacía la logia'. Ya era un axioma:

Mientras más alardeaba de magnánimo el hermano, menos contribuyó con la caridad.

Aun así, Jeremías siempre cumplió con todos esos requisitos pecuniarios de la logia. Hasta se podría argumentar que se distinguió en su logia. Pero nunca alardeó, no por modestia, sino para que no le exigieran más de lo que era de él.

En las logias se sigue ese despreciable concepto 'de cada quien según sus capacidades, a cada quien según sus necesidades'. Pero todo era una ilusión, la *capacidad* y la *necesidad* se fundamentaban en las percepciones que tuvieran los 'hermanos de logia', o en las necesidades que ellos, muy convenientemente, reportaran tener. Jeremías nunca dijo con exactitud cuáles eran sus verdaderas necesidades o capacidades.

Así que uno de sus grandes secretos en la logia fue que él tenía los recursos necesarios para sobornar al Muy Respetable e Ilustre Gran Maestro Santiago (además de a unos cuantos oficiales de la logia). Ese soborno hubiera comprado la paz. Hubiera comprado la justicia.

'Quieres justicia… paga', hubiera sido la lamentación de Jeremías. La logia y sus hermanos se hubieran beneficiado de su acto de corrupción. Corromper a uno para salvar a todos. Pero Santiago ya estaba corrompido. Qué hombre honrado le robaría a su logia madre y a sus hermanos. Qué hombre digno apoyaría a Miguel, un fratricida.

Santiago.

Cuando Jeremías consideró la posibilidad de sobornar a Santiago pensó en cuál sería la cantidad apropiada. La realidad era que Santiago era un *pela'o*. Cualquier cantidad que tuviera más de 4 dígitos seria más de lo que ese viejo tenía.

Santiago fue un mediocre en su vida profesional. Nunca se distinguió en sus labores, nunca fue premiado, nunca sobresalió en nada. Nunca se dio como voluntario a ninguna tarea. Ni se involucró en actividad alguna que su supervisor no lo obligara. Un retirado que dependía de su pequeña pensión y la ayuda del gobierno. Lo que le diera Jeremías sería más que suficiente para comprar su ausente conciencia.

Consideró también las circunstancias en las que podría hacer el acercamiento. 'Tal vez luego de la reunión de los Grados Superiores', ponderó Jeremías. Los Grados Superiores era el lugar donde los 'hermanos', sin importar su logia de procedencia, se reunían en la persecución de los ideales filosóficos (un mero eufemismo para 'esotérico') de la logia. Allí era el lugar idóneo para exponer las fantasías psicóticas que muchos de los jóvenes que ingresaban a las logias tanto adoraban. Santiago era el Director de los Grados Superiores del Capitulo Norte. Un verdadero centro de pestilencia. Ese sería el lugar perfecto para discutir un soborno.

'No', se dijo Jeremías a sí mismo, como quien necesita escuchar algo para poderlo creer. 'Hasta en la corrupción Santiago seria deshonesto', concluyó decididamente. Él sabía lo que sucedería.

Santiago lo acusaría de intento de soborno, mientras se quedaba con el dinero. Santiago diría que su integridad valía más que el dinero, mientras disfrutaba de ese dinero. Exclamaría que Jeremías era un corrupto. Por lo cual no debía ser un miembro de la logia... sin embargo nunca admitiría que tomó el dinero.

Jeremías, reconociendo cual era la naturaleza de Santiago, utilizaría el dinero que hubiera comprado 'paz y justicia' para él, su logia y sus hermanos, en un fin más noble: en descubrir la verdad de Santiago... y la de sus 'colaboradores' y lacayos más cercanos. En buscar cuales eran las razones por las cuales esos acólitos apoyaban a un Muy Respetable e Ilustre Gran Maestro más allá de la razón.

Todo tiene un precio.

El dinero para un soborno dio a Jeremías el conocimiento de la verdadera calidad de sus 'hermanos de logia'. Cuan horribles eran como personas, más allá de su *cantifleo* en la logia sobre la ética y moral. Cuan despreciables eran como padres y esposos. De las barbaridades que hacían como hijos. De sus deshonestidades en sus vidas profesionales. No importaba cuan distinguidos fueran como 'hermanos' en la logia, continuaban siendo profanos con 'emblemas e insignias'.

-¿Qué vas hacer?

Una tenue voz, casi imaginada por lo simulada que era, interrumpió sus maquinaciones. Al irrumpir en su 'recinto de paz', sin esperar invitación, Rut tomó el primer expediente de la estiva que incomoda descansaba frente a él. En el silencio de su despacho hasta el más mínimo murmullo se escuchaba con exasperante claridad. El pasar de las páginas del expediente se escuchaba con inesperado estruendo. Lo cual no parecía molestar en lo más mínimo a Rut, pero causaba gran incomodidad a Jeremías.

-Lo que debí hacer desde el principio.

Le contestó sin mirarla a los ojos. Su tono de voz delataba el arrepentimiento que plagaba su alma. Sus acciones hacia sus 'hermanos de logia' habían sido manchadas por el pecado de la compasión. Esa piedad hacia ellos innecesaria y negativamente afectó a su familia y causó gran preocupación a Rut.

Él creyó los ideales que sus 'hermanos de logia' decían tener y le dio todas las oportunidades posibles para que Santiago, y sus lacayos, se rectificaran. Para que hicieran lo correcto en conformidad con la ley de la logia. Esa clemencia fue el gran error de Jeremías.

-No estas lidiando con personas honestas.

Le advirtió Rut mientras ojeaba el expediente que contenía la 'vida y milagros' de Santiago. Ella leía con algún perverso placer las proezas del que fue el 'hermano' de Jeremías. Del soborno que realizó con contratistas en su logia madre; del abandono de Ricardo el esposo de su hija; los hábitos malsanos de su nieto; de las dudosas actividades de la esposa de Santiago; y de tantas otras acciones que hacían *inmerecedor* a Santiago de respeto y del título 'hermano'.

Rut se sentía vindicada.

-Lo sé, pero hay que destronarlos y ponerlos en su sitio...

-Olvídalos... esa gente no vale la pena...

En la voz autoritaria de una matriarca, Rut interrumpió a Jeremías antes que pudiera continuar con alguna racionalización. Ella lo conocía muy bien, y sabia todas las razones que le podía dar para justificar sus futuras acciones. Además, ya las había escuchado todas.

Rut había conocido a Jeremías cuando él ya era miembro de la logia. En los primeros años de su aventura con sus 'hermanos de logia'. Al principio ella no supo que él era parte de la logia. No por un engaño deliberado, más bien el tema nunca surgió. Para Jeremías ser miembro de una logia era tan natural como ponerse los pantalones en las mañanas. Por lo cual nunca lo mencionó.

No fue hasta el día que lo vio vestido muy formal, con un impecable terno oscuro y una camisa blanca (que parecía haber sido planchada y re planchada hasta que la más diminuta arruga había sido desterrada) que ella se enteró.

Se veía muy apuesto y distinguido. Más con el sombrero que ella le había regalado, el cual le hacía buena combinación. En ese día dos cosas sucedieron: su atracción por Jeremías aumentó y se enteró que pertenecía a la logia.

-¿A dónde vas? A visitar a la otra.

Le preguntó de manera muy coqueta mientras le re arreglaba su vestuario.

-A la logia.

Le respondió de forma muy ingenua.

Como buena mujer católica a ella no le agradaba la idea que el hombre que eligió para ser su futuro esposo fuera miembro de una logia. Rut sabía que ser miembro de una logia era incompatible con la fe católica. Hasta intentó convencerlo para que dejara la logia.

-¿Estás seguro que ese es un buen lugar?

Le preguntó Rut en alguna ocasión cuando Jeremías regresó de la logia molesto por algún evento que vulneraba su visión de la fraternidad. Su negativa a dimitir la logia fue dulce pero firme.

-Ellos son mis hermanos.

Le dijo como incompleta razón para no dejar la logia. Rut sabía que no debía seguir insistiendo.

Aunque ella no estaba de acuerdo con su afiliación a la logia, Rut apoyó a Jeremías en todas las actividades y proyectos en los que se involucraba. Ella lo amaba y no lo iba a desertar por estar en una etapa de su vida donde necesitaba participar en un club de 'machos, masculinos y varoniles, borrachones y fiesteros'.

Además, ella sabía cuál era la verdadera medida de esos hombres que su futuro esposo llamaba 'hermanos'. Simplemente ella nunca le pudo transmitir esa verdad a Jeremías. No lo dejaría solo a la merced de ellos.

En lo que fue su relación con la logia, Rut sólo trazó una línea en dos ocasiones.

La primera, cuando las esposas, de los 'hermanos' que en murmullos les llamaban los 'Dueños de la Logia', insistieron al punto de la impertinencia, que ella se integrara formalmente al Club de Damas de la Logia. Lo cual se desenfrenó en una situación en el extremo tensa. Ya que a pesar que Rut siempre se comportaba como una dama, comedida en acción y modesta en opinión, la insistencia en unirse a una institución que no estaba en concordancia con su fe, despertó en ella la altiva mujer que eventualmente seria.

Cuando la presidenta de las esposas de los Dueños de la Logia volvió a insistir en su afiliación y lealtad a ellas (demostrada al Rut convertiste en una cocinera en la logia, los futuros hijos en meseros y en profesar un odio irracional hacia los enemigos de los Dueños de la Logia), Rut le dijo 'dos o tres verdades' de quienes verdaderamente ellas eran.

Rut las había observado cuando ellas creían que nadie las observaba. Las había escuchado cuando ellas creían que nadie las escuchaba. La verdad de quienes eran esas 'damas' (y sus esposos) le ganó la enemistad eterna de esas mujeres. Y por defecto de los 'hermanos' de Jeremías que llamaban a esas arpías 'esposas'.

La segunda ocasión en la que ella puso un límite con las actividades de la logia fue con la eucaristía. Rut, como mujer instruida en la fe católica, sabía que ningún católico miembro de alguna logia podía comulgar. Ya se había establecido a través de los siglos que un miembro de una logia estaba en 'grave estado de pecado'. Jeremías estaba alejado de la Gracia del Señor.

Ella no permitiría que él incrementara su estado pecaminoso al tomar la comunión con un alma que no estaba lista para recibir al Señor Jesucristo. Todo porque él no admitía su error, no lo confesaba y no hacia un acto de constricción. No había un verdadero arrepentimiento de su parte por ser miembro de la logia. Así que ella logró convencer a Jeremías a que se abstuviera de recibir el sacramento de la comunión mientras fuera miembro de la logia.

Dentro de las circunstancias, ella se sintió orgullosa de él. Por tener la sensatez de seguir lo establecido por la Madre Iglesia. Ese sería un diminuto primer paso en la dirección correcta. Una pequeña victoria en la lucha por el bienestar espiritual de Jeremías. Pequeña victoria que le creó una situación incómoda en los días previos a la boda.

-¿Qué no tomarás la comunión?

Le preguntó de manera acusadora el Padre Renso a Jeremías. El sacerdote paulino no podía concebir que pecado fuera tan grande que estuviera fuera del perdón divino. Sólo la negativa de arrepentirse y rectificarse podría mantener a un pecador lejos del perdón. Rut intercedió, razonó y todo estuvo bien. La ceremonia se realizaría con todos los rigores de la fe, menos la comunión del novio.

El día de la boda el Padre Renso presenció cómo su iglesia se llenó de los 'hermanos' de Jeremías (y sus arpías) y entendió. Su alma adoleció ese día, por todas las eucaristías que dispensó a personas que él no sabía si estaban en la Gracia de Dios. 'Pero quien soy yo, para negarle el sacramento a alguien', en su oración final se preguntó.

El Padre Renso se negó a participar de la recepción de la boda, no quería estar entre los 'hermanos' de Jeremías. Él fue el más sabio de todos. Porque esos 'hermanos' se comportaron como vándalos saqueando a Roma. 'Ese cachete no me lo pierdo yo', dijo uno de los más descarados parásitos de la logia.

Comieron y bebieron en exceso. La gula reinó. Sus 'hermanos' no sólo querían sobre satisfacer su hambre y sed al punto de la compulsión, también querían poder llevar toda la comida y bebida que pudieran.

En esa recepción también la lujuria y la avaricia se manifestaron en los 'hermanos' de Jeremías. Los solteros, especialmente esos divorciados que las esposas abandonaron por ser malos esposos, buscaban de las féminas (y en algunos casos de los mozalbetes) de la familia de Rut y Jeremías la satisfacción sexual que, resignados a la soledad, sólo obtenían de la constante masturbación.

Las arpías que posaban como esposas de los 'hermanos' evaluaban todo lo que ellas podían llevarse de la recepción. Miraban con avaricia todo aquello que podía ser removido. 'Ellos no lo necesitan' y 'nosotros nos lo merecemos', se decían unas a otras cada vez que algún artículo caía en sus amplias carteras.

Sobre todo la envidia fue la más potente fuerza que se evocó de los 'hermanos'. Envidia de la ceremonia y de la recepción. Envidia por la justa admiración hacia los novios en su 'día especial'. Pero principalmente envidia por el amor entre ellos. Porque el amor que Rut y Jeremías tenían entre ellos, era amor que no pertenecía a la logia o a los 'hermanos'. Eso era inaceptable.

Cuando todas las 'tradiciones' nupciales habían sido cumplidas, la gula saciada y la embriaguez en su apogeo, uno de los 'hermanos' de Jeremías se le acercó cuando no estaba acompañado por Rut.

Arístides era un petulante. El hijo de uno de los hermanos que moraban en la eternidad, su mayor ambición era dirigir la 'logia' que su padre en algún momento 'dirigió'. Él se engañaba a sí mismo creyéndose un intelectual. Hasta hablaba con un falso acento extraño, que justificaba porque vivió 6 meses 'en la madre patria'.

La realidad de Arístides era insoportable para sí mismo. Él era uno más en una larga cadena de personas fracasadas y vacías. Que pululaban por las logias en búsqueda de significado para una vida desesperantemente común.

-Hiciste como *Iván Ilyich*...

Le comentó Arístides a Jeremías, de la forma arrastrada en que hablan los borrachos. Con un 'fino' cigarro en su mano, que probablemente llevaba horas ahí, su camisa manchada con vino, Arístides era el reflejo de la ilusoria vanidad y falsa arrogancia tan característica en sus 'hermanos de logia'. Arístides era tan burdo como el más bajo de los 'hermanos' que se creen los dueños de la logia.

Si es cierto que en el vino flota la verdad, en demasiado vino se expresan las fantasías. Las facciones de un borracho Arístides dejaban ver en su rostro destellos de desprecio. Lo cual creó una gran duda en Jeremías, la cual posiblemente nunca podrá aclarar.

La sagacidad de Arístides se fundamentaba en imposturas intelectuales y no en un verdadero conocimiento o *virtuosidad* intelectual. En la actualidad de la isla, la educación era deficiente y la pereza era la patrón para los alumnos y maestros. Alguien que hablara con palabras que sonaran rimbombante o que hiciera referencias a 'algo' podía pasar por intelectual.

Por lo cual Jeremías se preguntó, 'Arístides me habrá insultado con lo de *Ivan Ilyich*'.

El día de su boda Jeremías comenzó a reconsiderar su relación con sus 'hermanos de logia'. Esa horda de vándalos no serían bienvenidos en el hogar que establecería con Rut.

'Ella tiene razón... siempre la tuvo', pensaba Jeremías mientras observaba a Rut en su profunda lectura del informe sobre la vida de Santiago. En silencio el admiraba cada vez que sus dedos apretaban el informe cuando leía algo que la molestaba o como sus pupilas se dilataban cuando leía algo que le sorprendía. Diminutas expresiones de las cuales muy pocos lograrían percatarse.

Eran esas pequeñeces que él apreciaba, lo que le hacía sentirse bien de su amor por Rut. En sus recuerdos, fue al verla concentrada leyendo lo que le llamó la atención. En un país donde desmedidamente se aprecia la belleza y proezas físicas, el ver a una mujer leer era algo exótico.

Claro, Jeremías no se engañaba a sí mismo. Él tenía la madurez para reconocer que si Rut no fuera físicamente atractiva, probablemente, ella hubiera pasado como una mera curiosidad. Jeremías no recordaba cual era el libro que ella leía. Tal vez, sería el hecho de que en esa ocasión no le habló.

La segunda vez que la vio estaba leyendo *El Templo de Salomón* de *James Wasserman* (libro que le hubiera interesado a cualquier 'hermano de logia'). Eso lo impresionó aún más. No sólo era una mujer que se ocupaba por leer, sino que leía obras interesantes.

Tartamudeando Jeremías intentó comenzar una conversación. Cuan ridículo se veía al intentar hablar con Rut. Tontas preguntas. Idiotas suposiciones. Verdaderamente fracasó en poder establecer una 'buena primera impresión'. Aun así perseveró en la conversación. Lo que Rut nunca le mencionó fue que ella también se había dado cuenta de su existencia... esa primera vez.

Para sus amistades, las conversaciones 'de esos dos' eran un poco extrañas. Ellos hablaban, además de las banalidades de toda pareja, de San Agustín, Tomas a Kempis y Leo Tolstoi (uno de los escritores favoritos de Jeremías). Rut sentía antipatía por Cirilo de Alejandría y un odio profundo por el fraile Savonarola. En muchas ocasiones se le escuchó decir que era un gran crimen contra la humanidad las Hogueras de las Vanidades. 'Vivir en lujo no tiene nada de malo, siempre y cuando no descuides tus responsabilidades para con Dios y la humanidad', le explicaba Rut a sus amistades.

También, Rut podía recitar los poemas de San Juan de la Cruz y Santa Teresa de Ávila. En algunas ocasiones citaba de Santa Teresa de Lisieux (mas para fomentar su falso feminismo que por pasión por las ideas de una monja). Pero no había nada que incomodara más a sus amistades que la afición 'de esos dos' por el Cantar de los Cantares.

Era nauseabundo para las amistades 'de esos dos' cuando comenzaban a recitar secciones completas de ese libro. En ocasiones añadiendo dramatizaciones a las palabras que recitaban. Sin importar el lugar donde estuvieran o consideraciones a las sensibilidades a sus acompañantes. A sus amistades les encantaba compartir con ellos.

Sin embargo desde que Jeremías se había involucrado más y más en la logia, el tiempo que podían pasar como pareja con sus amistades era muy limitado. Algunas de sus amistades sentían recelo de 'ese lugar' que les había quitado a sus amigos. Rut le había advertido de eso, pero él no le dio importancia.

Cada hecho que Rut leía en el informe de Santiago era la confirmación de alguna sospecha que ella tuvo. Era la validación de cada advertencia que ella le hizo a Jeremías... a la cual él nunca le quiso hacer caso alguno.

'Esos maganzones... esos profanos con *emblemas* e *insignias* no merecían la atención de Jeremías... no merecían todo el dinero y el tiempo que les dio', pensó en frustración Rut.

Dinero y tiempo que le negó a su familia por estar en una logia. El dinero se vuelve a generar, pero el tiempo no se recupera.

El arrepentimiento se apoderaba de Jeremías. Él sentía esa mano oscura que aprieta el corazón cuando se ha hecho algo y se sabe se le que ha hecho daño a otro. No. No a otro, a alguien que se amaba. Miraba a Rut en su despacho compartiendo con él los secretos de Santiago. Secretos innobles que el Muy Respetable e Ilustre Gran Maestro Santiago protegería hasta las últimas consecuencias.

En voz baja y al oído ya habían amenazado a Jeremías. 'Si no te tranquilizas te voy hacer como el hice a mi hermano', le advirtió el fratricida Miguel. Jeremías había descubierto la malversación de fondos y la falsificación de documentos que había hecho Miguel en la logia. Como oficial de su logia Jeremías se negaba a encubrir actos de corrupción.

En un principio no le prestó mucha atención a esa amenaza, y a otras que le hizo Carlota. Otro de los mediocres que llegó a su posición en la logia por siempre estar tibio. Carlota, justamente, se había convertido en el monigote de Santiago. Así que, en obediencia con al Muy Respetable e Ilustre Gran Maestro Santiago, le advirtió a Jeremías que si no cooperaba, lo podrían bajo proceso penal en la logia. A lo cual Jeremías contestó, 'Hazlo'.

Esas amenazas Jeremías las consideró vacías y un acto de desesperación por esos *personajuchos* que habían secuestrado la logia y al título de 'hermano'. Todo cambió cuando en una reunión familiar, sin prudencia o decoro, el Dr. Nando (el esposo de su hermana María), lo amenazó. En ese instante Jeremías tomó con seriedad todas las amenazas que le habían hecho los que serían sus antiguos 'hermanos de logia'.

-Que te vayas del país.

Le ordenó el Dr. Nando con la voz del alcohólico que era. Envalentonado por estar flanqueado por sus dos hijos, el Dr. Nando le increpaba por su desobediencia al Muy Respetable e Ilustre Gran Maestro Santiago. La desobediencia en ocultar lo que había descubierto. Los tres traidores que estaban frente a Jeremías, sus antiguos familiares, habían sido iniciados en la logia de Santiago mucho después que Jeremías. De estos se le había comprado su lealtad, y razón, con las dadivas que sólo un Muy Respetable e Ilustre Gran Maestro podía otorgar. Baratijas que fracasados compran a precio muy elevado.

Ante tal vergonzoso espectáculo, vergonzoso para los tres traidores, Jeremías tuvo que controlar su furia y sus impulsos de golpear a un alcohólico y a sus bastardos. El coraje que sentía se fundamentaba en el hecho de la falta de respeto hacia la familia.

Los problemas de la logia se quedan en la logia. Se resuelven allí. Para los 'hermanos de logia' las antiguas costumbres de guardar secretos y juramentos, de no divulgación, valen poco cuando lo que se busca es hacer daño.

-¿Cómo un 'hermano' puede ser tan desconsiderado?

Preguntó Rut sarcásticamente.

-Que espectáculo... ustedes no respetan.

Reprochó uno de los primos.

-Qué vergüenza.

Comentó María con genuino temor.

-¿Para eso van a una logia?

Preguntó la madre de Jeremías.

Jeremías había mantenido todo lo que sucedía en la logia en secreto. No había comentado nada a Rut o a miembro alguno de su familia. Ahora se añadía a su coraje el hecho que su esposa e hijos se preocuparían por él. Ahora él se preocuparía por ellos. '¿Qué limites estaría dispuesto rebasar Santiago para proteger sus secretos?', se cuestionó en silencio Jeremías.

Este evento fue lo que impulsó a Jeremías a la acción. Su familia le era en el extremo importante, era su razón de ser. Él amaba a su esposa profundamente. Los años no habían disminuido su pasión por ella.

Durante todos sus años de matrimonio Jeremías siempre hacia todo los posible para despertar antes que Rut. Él quería asegurarse de verla despertar todos los días. Luego de su noche de bodas él confirmó lo que era su sospecha: que lo primero viera cada día al despertar fuera ella. Su amor se había convertido en plena devoción a la persona que era Rut.

Cuando Miguel lo amenazó simplemente fue una incomodidad. Cuando Carlota lo amenazó fue un reto muy bienvenido. Cuando el Dr. Nando y sus bastardos lo amenazaron, incomodaron a Rut. Entre los vituperios que se escapaban de los bastardos se escurrían implicaciones que daño le ocurría a Rut y a sus hijos si Jeremías no se sometía a la obediencia.

Ante lo cual, Jeremías se levantó lentamente de su silla. Siempre mirando a los ojos del alcohólico que estaba frente a él. Sin hacer movimientos bruscos, se le acercó lo suficiente hasta percibir el desagradable olor que los alcohólicos despiden y que perfumes baratos no pueden ocultar, y le dijo en voz baja para que sólo el Dr. Nando pudiera escuchar:

-Yo no soy un mártir... Dios, Cristo, el Espíritu Santo y *Glock* me protegen.

La fuerza del odio en las palabras de Jeremías le hubiera hecho retroceder. Pero los tres pasos que el Dr. Nando dio en retroceso ocurrieron cuando se percató que Jeremías tenía las manos dentro de su chaqueta. "Si un hombre te abofetea en una mejilla, destroza la de él, pues la auto preservación es la más excelsa ley...", comenzó a recitar Jeremías en su mente una y otra vez.

El Dr. Nando tomó a María por el brazo y violentamente se fue de la reunión familiar. Seguido de sus bastardos, quienes no se atrevían a darle la espalda a Jeremías. Luego de ese espectáculo el Dr. Nando no era bienvenido en las actividades familiares... y nadie que fuera un 'hermano de logia'.

Ese día María, quien desde entonces sería conocida como Mara, también perdió a su familia por un alcohólico, una logia y los secretos de Santiago. Todo por el acto de compasión hacia sus antiguos 'hermanos de logia'.

Esa noche el silencio se apoderó de la casa de Rut y Jeremías. 'Hombres libres de sus pasiones, que gran chiste. De buenas costumbres, que gran mentira', le dijo Rut a su esposo a manera de 'buenas noches'. Él oró, y oró profundamente por alguna epifanía que lo guiara.

-¿Qué vas hacer?

Le volvió a preguntar Rut, mientras cerraba y colocaba el expediente de Santiago en el tope de la estiva. En el silencio la perversa sonrisa de Jeremías le dio la contestación que ella requería. Rut sólo medio sonrió, medio suspiró en casi resignación.

-¿Quieres un café?

Preguntó más como forma de clausurar la conversación que por deseos de traerlo.

-Claro.

Le contestó Jeremías de forma picaresca y con una gran sonrisa llena de intensiones pecaminosas.

Acariciando seductoramente la esquina de la estiva de expedientes Jeremías regresó a sus maquinaciones. La información ante él fue muy costosa, aunque invaluable para sus planes. Esta era información importante en la medida que fuera difundida.

Sabía que debía ser divulgada. Tenía que ser proclamada del occidente al oriente. Pasando por el norte y el sur. 'Lucha contra la ignorancia... Combate al ambicioso... Denuncia al hipócrita', racionalizaba Jeremías. Sus acciones tendrían un costo. Él sabía que le costaría caro debelar la información que poseía. Pero todos debían saber cuál era la calidad de Santiago y de quienes se regodean por las logias.

Además, Jeremías tenía la conciencia de que en esta isla, se condenaba no al que obró mal, se condenaba al que señalaba el acto impío. Porque la maldad no era el acto, sino aquel que enfrentaba al acto. En la cotidianidad del país la violencia de la autoridad se utilizaba para acallar las voces de los que no se doblegan ante la corrupción.

Que se podía esperar de un país donde sus líderes eran el mejor ejemplo de la corrupción. De la decadencia ética y moral. Donde la máxima aspiración de los ciudadanos era ser como esas sanguijuelas politiqueras. Que sin tener las calificaciones para ejecutar una tarea, obtenían cuantiosas limosnas.

Igual era en las logias. En vez de estas ser un faro de luz, se habían convertido en un reflejo de la inmundicia que arropaba al país. Las logias se habían corrompido. Santiago y sus secuaces eran el mejor ejemplo de la inmundicia que plagaba las logias.

No importaba si esos *personajuchos* eran los ejemplos de los habitantes de la isla. Jeremías debía hacerlo, tenía que hacerlo, una reacción a la *resistencia al mal* que tanto Tolstoi habló en sus años de ocaso. Tenía que actuar por el bien de la logia y la protección de su familia. En especial por el bienestar de Rut, tenía que *desbastar* a los que incomodaban a su amada esposa por sus actos de misericordia. Él tenía que destruir a aquellos que le deseaban mal y obraban para concretar ese mal.

Mentira. Todo es una mentira.

'Sólo me engaño a mí mismo', murmuró Jeremías con la esperanza de que nadie lo hubiera escuchado en la soledad de su despacho. Haría toda la información pública no por proteger a la logia, o a su familia o por amor a su esposa. No por sus hermanos o en la persecución de algún ideal de hermandad, y mucho menos por algún metafísico ideal kantiano de la ética o la moral.

'¿La verdad os hará libre? Tonterías', se dijo a si mismo luego de una sarcástica carcajada. Sus ojos brillaban con el prospecto de la venganza. Él publicaría la información porque podía. Si era cierto que el "conocimiento es poder" y si era cierto que el "poder no se tiene se ejerce", él ejercería ese poder con el conocimiento que poseía. El publicaría la información porque podía... porque la tenía y le daba placer revelar todos los secretos del que fue su mentor y ejemplo, de quien en algún momento fue su 'hermano'... El Muy Respetado e Ilustre Gran Maestro Santiago.

Historias de la Fraternidad

JEREMÍAS

La Fraternidad Duerme

Historias de mí Fraternidad

Agosto

Tomé la decisión de unirme a la logia luego que regresé de un viaje a la capital. Ese viaje impactó mi vida. Regresé con el prestigio profesional que anhelaba, Además de haber logrado el bautismo en la *religión* de la que tanto había escuchado, estudiado y muy pocos lograban acceso a ella. Sin embargo, fue mi experiencia con las logias de la capital lo que más impactó mi vida.

Siempre había considerado que para pertenecer a la logia se requería de una altísima cantidad de recursos económicos y prestigio social. Ya que sólo los miembros de la alta sociedad de la ciudad eran los miembros de la logia (o por lo menos eso decían las leyendas). Por eso siempre afirmé,

-Seré hermano de logia cuando sea un doctor.

Este era mi plan original. Siempre lo he planificado todo en mi vida. Me gusta el orden. Hasta he dicho muchas veces, 'si no está en mi agenda, no existe'. Era parte de mi plan para ser miembro de la logia estudiar largos años. Para así tener una profesión bien remunerada y de prestigio. Además de ir a todos los congresos y conferencias que me dieran buen renombre como profesional. Quería ser 'merecedor de ese gran honor' que era unirme a una fraternidad que tenía tantos hombres ilustres en ella.

Fue ese viaje a la capital lo que me motivó a cambiar mi *modus operandi*. La majestuosidad que presencié en las logias capitalinas me impulsó al error de buscar la iniciación en la logia antes de terminar el doctorado. Sólo tenía un problema, nunca había visto a la logia abierta. Por lo cual comencé a merodear la logia a diferentes horas y días. Me tomó dos semanas encontrar a un grupo de ancianos que estaban frente a la logia... 'debían' ser los miembros.

Me acerqué velozmente, como lo haría un ladrón en plena faena, y después de un corto "buenas noches" le pregunté apresuradamente al más alto de todos,

-¿Qué debo hacer para ingresar a la logia?

De manera un poco despectiva, o desinteresada en la pregunta, me contestó,

-Regresa mañana.

Si abrupto fue mi preguntar, abrupta fue su entrada a la logia. Uno de los ancianos entreabrió las altas puertas y ellos se escurrieron dentro de la logia. En la oscuridad nada se podía observar más allá de esas puertas. Como tantas otras veces vi las altas columnas de la logia, pero esta vez más cerca. Mi emoción de haber hecho contacto con los 'hermanos de la logia' no me dejó percatarme de la suciedad que había frente a ella o lo deteriorara que estaban esas columnas.

Mi primer contacto para poder entrar a una logia fue un jueves de agosto.

Al día siguiente regresé a la logia. Esta vez una de las altas puertas estaba abierta, sin mucho titubeo entré. Me sorprendió sobremanera el olor a 'viejo' y a moho que había dentro de ese edificio. También me sorprendió las pocas personas que estaban en la logia. El día anterior hubo más personas. Consideraba que una logia estaría llena de personas esperando por comenzar las reuniones y que habría filas para buscar unirse a la logia. Lo único que había era tres ancianos de cabellera blanca vestidos de 'camisa y corbatas'.

Cuando me iba a acervar a ellos, quien eventualmente se presentaría como Ramona, con sus gruesos espejuelos (y lo que parecían bigotes), con una 'manía' de constantemente acomodarse la falda y un peculiar balanceo al caminar, me interceptó,

-¿Qué quieres?

-¿Qué debo hacer para ingresar a la logia?

Repetí la pregunta del día anterior. No sabía que más preguntar. No sabía si existía una forma secreta de hacer la pregunta. Siempre se me había dicho que sólo los hijos de los 'hermanos de logia', o los privilegiados de ser recomendados por tener dinero y fama, podían ingresar. No sabía si a esos elegidos se le daba una forma específica de hacer la petición.

En ese momento no importó. Ramona despectivamente me indicó,

-Ven la semana que viene.

Septiembre

Como se me había instruido regrese la próxima semana.
El peculiar olor de un edificio antiguo y abandonado persistía.
Los mismos tres viejos estaban sentados en el mismo lugar de la
semana anterior. Cuando me acerqué al grupo, antes que pudiera
saludar, Ramona habló,

-Éste es el muchacho que vino la semana pasada...

Le anunció a los que estaban sentados con ella. Me
pareció un poco rudo lo de 'muchacho'. Ya que estaba entrado en
mis 30 años y casi un doctor. Sin dejarme hablar, ella continuó,

-Éste es el hermano Roberto. Él te va a atender.

Tomando su maletín, el cual se veía tan viejo y maltratado
como el hermano Roberto, me dirigió a lo que en alguna época
fue un salón de actividades. En esa noche lo único que había allí
eran escombros, cosas sin usar, mal olor y mugre. Luego de
señalarme una silla como permiso para sentarme, y mientras
infructuosamente trataba de limpiar la mugre que llevaba años
allí, él se puso la chaqueta. En el lado izquierdo de su chaqueta el
Hermano Roberto tenía una serie de medallas, las cuales asumí
eran de algún significado para los 'hermanos de logia'.
Ingenuamente le pregunté,

-¿Qué son esas medallas?

Una desagradable risa nasal coordinada con el rítmico
levantar y bajar de sus hombros fue la primera respuesta.

-Cuando seas de la logia, te diré.

Lo cual fue una mentira, nunca me explicó.

-¿Cuál es tu nombre?

-Jeremías.

-Soy el Hermano Roberto, y antes de hablar de cómo

ingresar a la logia te voy a dar una charla de lo que es la

logia.

Sacando un muy bien cuidado y amarillento papel escrito a máquina, el hermano Roberto comenzó a leer de lo que era la logia. Me leyó de como la logia albergaba a la fraternidad más antigua de la historia, lo cual era una manipulación histórica; que la logia a la que quería pertenecer era la más vieja del país, lo cual era una exageración; me dio una larga lista de personajes históricos que fueron 'hermanos de logia', los cuales ya conocía; y concluyó su charla con hacer hincapiés en los valores morales que todo 'hermano de logia' debe cumplir, que con el tiempo aprendí la mayoría de los hermanos, muy en especial sus líderes, no cumplen.

Finalmente me hizo una pregunta directa,

-¿Crees en dios?

-Sí.

Luego de un corto silencio le contesté titubeando. Habían pasado unos meses desde que fui 'bautizado' en una religión no cristiana. Mi padre me había dejado de hablar cuando le dije que ya no era cristiano. Con ese ejemplo, no sabía cómo un país eminentemente cristiano reaccionaría a mi conversión a una religión que no era mayoritaria. Aunque en nada *confligia* en valores, sólo se diferenciaban en profetas y libros. En retrospectiva, creo que sobre pensé la pregunta.

Ante mi duda, el hermano Roberto, me explicó que para ser 'hermano de logia' había que creer que un ser superior, al cual los 'hermanos de logia' llamaban el Gran Dios del Universo. Pero que no había requisitos de ser miembro de alguna religión en específico. Esta fue la más alta mentira, porque en las logias de la isla debías ser cristiano para ser 'hermano de logia' o no se te consideraría como un 'hombre libre y de buenas costumbres'.

Luego de otras preguntas sobre mi estatus civil y condición social y, muy en especial, mi condición económica, el hermano Roberto produjo de su maletín otra hoja de papel amarillento. Esta era la solicitud para ingresar a la logia. En su mayoría información demográfica y de contacto. Pero al final de la hoja pedía la recomendación de dos 'hermanos de logia'.

-No conozco a ningún 'hermano de logia'.

Intenté explicar. A lo cual el hermano Roberto simplemente contestó de forma tajante,

-Esas son las reglas que tienes que cumplir. Es tu responsabilidad conseguir esas firmas o simplemente no te inicias como 'hermano de logia'.

Octubre

Conseguir un 'hermano de logia' que me firmara la aplicación no fue tan difícil como esperaba, sólo un poco costoso. En mi experimentación con lo espiritual había visitado muchos centros de religiones alternativas. Así que en mi libreta de contactos comencé a buscar, a tocar puertas y a pedir. Fue un miembro de la Orden de la R.R. y la C.D. y 'hermano de logia' el que medió la primera recomendación con su firma. También me puso en contacto con otro miembro de la Orden de la R.R. y la C.D. y 'hermano de logia'.

Pero antes me comentó,

-Que te den la firma... eso siempre se hace.

-Eso no fue lo que me dijo Roberto.

-Viejos cabrones.

Tuve que ir otra vez hasta la capital para poder conseguir la segunda firma de un 'hermano de logia'. Escuchar una segunda charla sobre lo que era la logia y tratar de explicar de manera amable porque ya no era miembro de la Orden de la R.R. y la C.D. Todo sobre unas cuantas tazas de café y galletitas (que tuve que pagar).

Completar todos los documentos y obtener las firmas me tomó cerca de tres meses. Me aseguré de hacer copia de todos los documentos que habría de entregar y esperé con ansias el próximo viernes para entregarlos. Valió la pena esperar, porque el día que entregué los documentos, fue la primera vez que puede entrar al salón de reunión de la logia... el templo.

Cuando llegué a la logia, había otras personas además de los tres ancianos que había visto antes. Todos en 'camisas y corbatas' hablando con el hermano Roberto. Me dijo que teníamos que entregar la documentación al secretario de la logia, quien estaba en su escritorio en templo. Cuando entramos el olor a decadencia era más fuerte.

Al final de un largo salón rectangular estaba Ramona sentada en el escritorio del secretario hablando con una persona de estatura baja y una expresión de desprecio en su rostro, Sebastiana. Mientras caminábamos hacia el escritorio del secretario, el hermano Roberto me explicaba los 'secretos' de templo. Me señalaba a las múltiples columnas que marcaban la entrada simbólica del templo; a la biblia en un altar triangular en el mismo medio del salón; y, al fondo del salón, lo que sería el Oriente Simbólico (porque estaba seguro que era el norte geográfico) estaba el ornamentado y decrepito Trono del Maestro de la Logia.

El techo del templo era una bóveda cóncava, y aunque despintada por el tiempo, aún se podía apreciar que imitaba al cielo de la noche. Con sus constelaciones aplacadas por un amanecer en el Oriente Simbólico. El hermano Roberto me explicó que en ese techo se plasmaba el cielo de la noche en que se fundó la logia. Otra leyenda más. Las paredes eran adornadas por murales que imitaban cortinas, de lo que en algún momento fue un color encarnizado. Mirando la bóveda pintada como el cielo de la noche y los murales era evidente que en algún momento ese templo fue impresionante.

Cuando llegamos al escritorio del secretario, el hermano Roberto confirmó que la hermana Ramona era el Secretario de la Logia. Ella se encargaría de los trámites administrativos. De informar a la logia de mi petición de ingreso y de coordinar las investigaciones que me harían para asegurarse que era una persona digna de ser un 'hermano de logia'. Fue cuando entregué los documentos debidamente completados que pude apreciar, aunque casi imperceptible, un tono de decepción en la hermana Ramona.

-No te preocupes, te vamos a llamar.

Así, la hermana Ramona señaló a la puerta del templo y me despachó de la logia.

A un Año de Septiembre

-Ustedes son los cuatro candidatos a la iniciación... deben sentirse privilegiados.

Esas fueron las primeras palabras que nos dijeron luego que nos ordenaron esperar, en silencio, en el pórtico de la logia. Nos dijeron algo sobre las 'antiguas costumbres' en las que profanos eran preparados en el *atrium* del templo para luego ser candidatos a la iniciación... nunca me explicaron completamente esas fantasías.

Era la primera semana de septiembre del próximo año, lograr la iniciación en la logia me costó mucho tiempo.

Habían pasado 6 meses, y para abril no me habían llamado para infórmame la decisión de la logia sobre si me iniciarían o no. Ninguna de las referencias que había dado había sido contactada. Fue en ese momento que decidí tomar una posición más proactiva y comencé a visitar constantemente la logia. Durante mayo y junio, casi todas las semanas visitaba la logia para saber cuál era el estatus.

En este proceso descubrí que las únicas personas consistentes en asistir a la logia eran los hermanos Roberto, Ramona, Sebastiana y el que era el Maestro de la Logia, Euladio. Otro anciano de cabellera blanca, muy enfermo y de caminar lento. Las demás personas que iban a la logia no eran consecuentes. Algunos me los presentaban, un joven médico, un abogado, varios militares.

A Ramona no le gustaba los profesionales, y constantemente se burlaba de uno de los militares. Cuando ese militar no estaba cerca, se arrimaba, y como si fuera la primera vez, decía,

-Ese es el 'Sargento Nalgas Tristes'. Vino una vez a la logia en *mahones* y se notó lo *defalca'o* que está.

El hermano Roberto insistía que la logia era un gran lugar para conocer a las personas importantes de la sociedad, que las conexiones que iba hacer en la logia me iban a ayudar mucho en mi vida profesional. Otra de las grandes mentiras de la logia. En el país esa mítica logia de personas ricas y poderosas ya no existía.

Si había una ofuscada realidad, es que la logia estaba en crisis. Muy pocos se iniciaban y de esos menos se convertían en miembros asiduos a la logia. Así que al ver el grupo que quería la iniciación los ojos de los 'hermanos de logia' le destellaban con lujuria... por lo menos a los más jóvenes. En los ojos de esos 4 ancianos sólo había desconfianza.

Éramos todos de diferentes profesiones e historias, un abogado, un militar, un trabajador social y un doctor (mejor dicho, futuro doctor). Todos coincidimos, además del deseo de ser 'hermano de logia', en una cosa: el proceso de aplicación fue tortuoso.

En mi caso, mi solicitud fue una fuente de pesar para la hermana Ramona. Ella me informó que 'el Gran Oriente votó tus papeles'. La hermana Ramona estaba en perpetua guerra con el Gran Oriente Nacional y Soberano. No con el Gran Oriente *per se*, si no con una de las secretarias, Doña Helga.

Una señora que sabía más de las logias que todos los Ex Grandes e Ilustrísimos Maestros puestos juntos. Ella era respetada por casi todos, porque en asuntos de logia en muy pocas ocasiones se equivocaba o abusaba de su posición. Sin embargo la hermana Ramona la odiaba, porque Doña Helga nunca le siguió sus juegos y siempre le exigió que los asuntos de la logia se hicieran como determinaban la leyes y procedimientos.

De tal forma Doña Helga se convirtió en la culpable de todo lo malo que surgiera en la administración de la Muy Respetable e Inmaculada Logia Hijos de la Lucerna del Alba y el Gran Oriente Nacional y Soberano de las Logias Mixtas en Razas y Género del País, o eso reclamaba la hermana Ramona.

Así que Doña Helga fue la culpable de extraviar mis documentos. Por mi obsesiva costumbre, o suerte, tenía copia de todo lo que había entregado y un recibo que había entregado los originales a la hermana Ramona. Bajo una silente protesta ella tomó mis documentos nuevamente, los 'sometió al proceso' y en dos meses me habían llamado para coordinar el día de la iniciación.

Ese día volvimos a entrar al templo. Hasta nos dejaron sentarnos en ese 'Oriente Simbólico' del templo, a la derecha del Trono del Maestro de Logia. La decadencia no sólo era un olor, era un hecho. Cuando me senté en la silla, esta se rompió. Los 'hermanos de logia' se asustaron. Sólo puedo suponer que tenían miedo a una muy merecida demanda. Lo único que hice fue reír mientras me ayudaban a levantarme y me daban otra silla. Y nos hablaban de los costos monetarios de la iniciación y de la fiesta que teníamos que costear para agasajar a los 'hermanos de logia'. Ese día aprendí que sin obscenas cantidades de alcohol y comida no habría iniciación o avance en los grados.

Así comenzó la relación con los que serían mis hermanos de iniciación. Rubén un trabajador social, Benjamín un abogado criminalista y David un oficial de infantería, personas que en otras circunstancias nunca hubiera conocido. Pero todos unidos por el deseo de pertenecer a una logia.

También con los viejos de la logia, Euladio el viejo enfermo Maestro de Logia; Roberto el anticuado y temeroso al cambio experto Maestro de Ceremonias; Ramona, Secretario Emérito de la logia, un alcohólico problemático que su garata con el hermano Juan Leonardo de la Torre había destruido a la logia; y, Sebastiana una amargada con una perpetua expresión de coraje en su rostro.

Lograr la iniciación como 'hermano de logia' me requirió mucho esfuerzo, me tomó mucho tiempo y me costó mucho dinero. Mucho más me costaría llegar ascender en los grados hasta llegar a los Grados Superiores... pero había logrado una de mis metas.

Estaba feliz.

La Calidad de los Fraternos

Mi realidad fue: no estaba preparado para lo que me encontré en la logia. La había idealizado a tal grado que cuando la verdad me acarició, la rechacé violentamente. 'Somos hermanos, y tenemos que actuar como tal', me dije demasiadas veces. Me tomó años aceptar la realidad de las actuales logias. La verdad es,

-Mi fraternidad está plagada de mal intencionados buscones y fracasados.

En algún momento las logias de la isla atraían a los mejores elementos de la buena y alta sociedad. Los líderes, políticos, intelectuales y empresarios de nuestra ciudad señorial eran la ilustre matricula de la logia. En aquella época, esos hermanos se unieron en la persecución de un ideal fraternal. Con la esperanza de la construcción de una mejor sociedad.

-Vas a ver, a todas las personas importantes que vas a conocer.

-Todos los que son alguien están en la logia.

-Te conviene estar aquí.

Ramona y Sebastiana eran las que constantemente me cantaban esa melodía. De promesas de influencias y poder en el país. Como sirenas, cuan patrañeras eran. Las mentiras de que ese mítico 'ser humano completo', que según ellas en algún momento moró en las logias, seguía allí.

Esa era otra calidad de persona... la del individuo que ha logrado la *autorrealización*. Una persona que se ha completado personal, profesional y espiritualmente no se une a una institución para servirse de ella; esa persona viene a servirle... y a los nuevos hermanos que ha adquirido. 'En aquella época la luz dorada salía de la logia para iluminar a nuestra sociedad', pensé de la logia en algún momento, en tonta inspiración romántica.

Esa luz dorada tuvo el efecto contrario a los ideales de la fraternidad. El burdo quedó cegado por el dorado de la luz. Desde ese momento muchas de las personas del país vinieron a las logias, tocaron a sus puertas, no a un lugar en el cual perseguir un ideal con personas afines. Vieron en la logia un lugar en el cual podían tener acceso a las personas importantes y poderosas de la isla. La logia seria el lugar perfecto para obtener favores de ellos. Además, no descartaban la esperanza que la luz dorada fuera el reflejo de arcas llenas de oro. Dispuesto a ser repartido entre todos los hermanos de la logia.

De esa forma, poco a poco, las logias se han llenado de buscones. De personas que contribuyen nada a sus logias, pero que toman mucho de ellas y de los hermanos que la componen. Especialmente de esos que aún creen en los ideales de la fraternidad. De idiotas como yo que me creí las mentiras que esos buscones me decían.

Esos engendros de la decepción son los que han hecho que la fraternidad pierda mucho del poder y el prestigio que alguna vez tuvo (si es que en algún momento fue real). Peor aún, ellos han logrado que las verdaderas personas de bien, en un acto de dura sensatez, se alejen de las logias. Creando un vacío de personas con probada capacidad y talento que puedan dirigir efectivamente la logias. Vacío que activamente llena con los que han fracaso en diferentes facetas de su vida.

Estos fracasados son los que han logrado estancar el progreso y crecimiento de la fraternidad. Muchos de los que en la actualidad se han convertido en líderes u ostentan puestos de poder lo han hecho como un mecanismo para lograr la ilusión de la *autorrealización*. Ya que sus vidas son inconsecuentes. Porque en sus corazones saben que no han logrado algo de verdadera importancia. Por lo cual, en su desesperación, sienten que tienen que lograr algo en la logia.

Lo vi, lo presencié... como desechos humanos menospreciaban a las personas de capacidad. Cuantas veces escuche a Ramona y Sebastiana referirse a un hermano como el *abogaducho* o el *doctorcito*. Cuantas veces Arístides acusó al hermano David de ser un dictador. Sólo por dirigir la logia hacia la excelencia y la gloria, como él sabía hacer, como el oficial de infantería que era.

En las logias no hay nada que se desprecie más que el talento y la capacidad.

En un principio, un plomero mediocre podría ordenarle al alcalde de la ciudad lo que tenía que hacer en la logia. En su origen era una muestra de la igualdad entre 'hermanos de logia'. Sin embargo, esto se degeneró en una burda relación de poder. Donde ese plomero, quien jamás se destacó de forma alguna, ahora podría humillar a 'sus mejores' en la sociedad. Podría menospreciar los logros de quienes en sus vidas profanas a la logia han logrado superarse y ser personas de poder en la sociedad.

'Envidiosos, cómo pude ser tan estúpido, siempre estuvo ahí', este pensamiento me atormenta constantemente.

Al principio no me di cuenta como estos fracasados buscan perpetuar su propia valía en la logia. Sin dejar que, quienes han logrado el éxito en sus vidas, traigan sus experiencias y puedan ayudar a mejorarla. Esos son una amenaza. Mientras, los buscones siguen ingresando a la logia y las personas de capacidad se van huyendo de la inmundicia que plaga mi fraternidad.

"Le tengo miedo a los pendejos, porque son muchos, son una mayoría que hasta al presidente eligen", era una frase que mal recordaba. Sabía que era de un cantante, pero no me acordaba de quien era o si era correcta. Que importaba, la verdad era que las logias estaban llenas de pendejos, y cada día se unían más. Era como si estos pendejos buscones en el silencio se reconocieran mutuamente y buscaran la mutua compañía.

No me di cuenta. No me quise dar cuenta. Así que cuando Arístides, Miguel, Lizardo y otros tantos ingresaron a la logia no los reconocí como lo que eran: pendejos buscones que a lo único que venían a la logia era para beneficiarse de ella. A esos tres los acepté como mis hermanos... pero ellos nunca fueron mis hermanos. Ellos nunca fueron los hermanos de persona alguna en la logia. Sólo los confederados de los más exaltados buscones de la logia, y su gran mecenas, Santiago.

No quise aceptar la realidad que Sebastiana, Ramona, y hasta Santiago, tomaron a muchos de los nuevos buscones en la logia bajo sus alas porque ellos también eran unos buscones. No quise entender lo que eran Miguel, Arístides y Lizardo.

Sebastiana, Ramona y Santiago constantemente se beneficiaban de la logia. Ramona alimentaba su alcoholismo... Sebastiana, sólo Dios sabe que placer obtenía ella de su participación en la logia. Pero 'algo' le tenía que dar, a pesar de su constante expresión de desprecio, la cual no reflejaba placer alguno... y Santiago el más alto de los buscones.

Quien con lengua de plata obtenía el dinero y los frutos del esfuerzo de los demás 'hermanos de logia'. Era la adulación el máximo placer que podía obtener, el cual no podía obtener, ni con las aberradas prácticas sexuales de las que nos hablaba en voz baja y al oído....

La adulación de los 'hermanos de logia que habían sido defalcados de su dinero y la admiración (por el honor robado) de la comunidad a la que pertenece...

No me quise dar cuenta...

LIZARDO

Un Buen Hermano

Se Cansó de Trabajar

Lizardo se cansó de trabajar. Ya no quiere ser un miembro productivo de la sociedad. Ahora quiere dedicarse a ver deportes, jugar por internet y visitar (esporádicamente) la logia. Así que pretende que la sociedad lo mantenga, a su esposa y sus hijos (en ese orden de importancia).

Para este fin, está aprovechando un accidente menor en su trabajo (que algunos consideran él provocó). Éste reclama que está incapacitado físicamente, por lo tanto no puede trabajar. Así que dejó su extenuante trabajo como guardia penal asignado a una torre de seguridad. Dijo,

-Me voy pa'l Hospital del Trabajo, tengo unos días de 'enfermedad'. Regreso la semana que viene

Nunca regresó.

Cuando fue dado 'de alta' del hospital comenzó a 'gritar del dolor'. Exagerando sus síntomas estableció reclamos de 'incapacidad' ante la Seguridad Social.

-Es que me duele mucho la espalda.

Le dice a todos los que conoce en los primeros minutos de cualquier conversación. Durante la cual haría algún gesto de dolor mientras hacía algún movimiento para 'acomodarse' la espalda.

En lo que su reclamo era evaluado por las agencias gubernamentales, ha solicitado asistencia nutricional para él y su familia; asistencia médica, educación pública y comedores escolares para sus hijos; subsidio para las utilidades; y hasta un teléfono gratis y descuentos en el servicio del internet. De esta forma los miembros productivos de la sociedad le dan alimento, techo y nutrición a un perezoso.

-Yo me lo merezco.

Se le ha escuchado decir constantemente. Seguido de frases que reflejan que siempre se pasa en los muelles de la cama.

Cuando la Seguridad Social evaluó y dictaminó que sus lesiones no eran lo suficientemente serias como para justificar incapacitarlo, Lizardo se puso creativo. Si no podía lograr que lo declararan incapacitado por alguna condición física, entonces lograría que lo incapacitaran por alguna condición mental.

Por su falta de asertividad, al principio, fracasó miserablemente en lograr que algún psiquiatra o psicólogo lo ayudara en este acto de corrupción. La ética profesional prevaleció. Pero, los elementos menos éticos de la profesión, quienes estarían dispuesto a colaborar con un corrupto como Lizardo, le requerían altas sumas de dinero para 'firmarles los papales'.

-Si te voy a ayudar, tú me tienes que ayudar a mí.

Le dijo un psiquiatra con ciertas sugerencias de dudosas intenciones. Lizardo ni siquiera estaba dispuesto a pagar una tarifa por los servicios que le darían una pensión por el resto de su vida. Además la realidad era que no tenía dinero. La herencia que su padre había dejado ya la había acabado en sus años de ser un prodigo universitario.

En la universidad se unió a la fraternidad Alfa Omega. Allí fue un gran destructor de vidas. Se convirtió en uno de sus líderes. Y se dedicó a atormentar y hasta agredir a los 'gusanos' que deseaban unirse a esa fraternidad. Sus abusos físicos le crearon muchos problemas legales a la Alfa Omega y eventualmente le pidieron a Lizardo que se retirara de la membresía activa.

Es aquí que comenzó a visitar la logia.

En el pasado había intentado ingresar en la Orden de los Trabajadores. Una fraternidad muy parecida a la practicada en la logia. Su padre había sido un Gran Maestro de esa fraternidad.

Allí lo conocían muy bien. Sabían todo lo que había hecho. Los pecados de Lizardo eran grandes y obvios. Además él no mostraba arrepentimiento o empresa por rescindir el daño. Los hermanos le advirtieron a su padre,

-Si presentas a Lizardo lo vamos a rechazar.

Todo tiene una solución. Lizardo escondió su pasado. Mintió. Solicitó ingresar en una logia de otra fraternidad, en otra ciudad y fue aceptado. Él se convirtió en 'hermano de logia' para lograr el apoyo de las personas que creía le ayudarían a obtener los beneficios para los cuales no tenía derecho. Entró a la logia para servirse de ella.

Lo cual era predecible si consideramos que desde el principio, cuando iba a la logia, se llevaba la comida de la cocina. Cuando se le llamaba la atención, porque lo hacía sin permiso, respondía arrogantemente 'mis hijos tienen que comer'.

Lizardo utilizó la frase 'hermano, ayúdeme' muchas veces para lograr que los 'hermanos de logia' le dieran lo que quería. Inclusive, intentó utilizar a los 'hermanos de logia' residentes en el extranjero para poder obtener una pensión mayor. Para así poder tener aún más de lo que no le correspondía.

Con este fin enlistó la ayuda de otro 'hermano de logia' muy comparable a su calaña, Miguel. En esa época la tercera autoridad de la logia, el Segundo Vice Maestro. Miguel contactó a Jeremías, quien en ese momento vivía en el extranjero. Pidiéndole ayuda para un 'hermano en necesidad'. Lo único que tendría que hacer era mentir. Tendría que decirle bajo juramento, y pena de multas y cárcel, a los oficiales de la Seguridad Social, que por los pasados dos años Lizardo vivía en su casa.

Jeremías muy amablemente se negó. Ante tal acción Miguel y Lizardo lo acusaron de ser 'un mal hermano de logia''. Quien no ayudaba a un hermano en necesidad. Invocaron las palabras del Viejo Marcos, uno de los más viejos y queridos 'hermanos de logia': Un hermano en desgracia, es un hermano en verdad. Ante tales recriminaciones Jeremías no cambió su decisión. Negándose a ayudar a un par de oportunistas que usaban la logia para beneficio personal.

Sin sentirse disuadió, Lizardo se acercaba a los 'hermanos de logia' que tenían el poder, influencias o las conexiones políticas y profesionales que necesita. Siempre muy sonriente, amable y adulador. Buscaba ser el payaso a la hora del banquete. 'Han comido todos', decía antes de deleitarse en la gula. Porque tenía que mantener su obesa figura y comería todo lo que quedaba en la mesa y si habían *sobrajas* se las llevaría. Porque, como le gustaba justificar, 'mis hijos tienen que comer'. A pesar de sus payasadas y adulaciones la mayoría se negaó a ayudarlo en hacer algo ilegal.

Pero otros, entendiendo que era su deber ayudar a un 'hermano de logia' sucumbieron a la frase, 'ayúdeme hermano'. Un joven psiquiatra, recién iniciado en la logia, y muy amigo de Miguel, le explicó a Lizardo todos los síntomas del diagnóstico de la depresión clínica. Todo con la intensión para que Lizardo pudiera simular tenerlos. Más aun, se ofreció a completar toda la documentación necesaria y 'hacerle el expediente'. Para así certificar a Lizardo como una persona incapacitada por problemas de salud mental. Por lo cual no era un ente funcional y capaz de laborar en el mundo del trabajo. Así un 'hermano de logia' obtendría una pensión.

Lizardo se lanzó cuerpo, mente y alma a la tarea. Comenzó una dieta estricta, para simular que la depresión le estaba afectando el apetito; dejó de bañarse y aceitarse para decir que no tenía las fuerzas ni para el aseo; hasta por un tiempo dejó de practicar deportes, ingerir alcohol e ir a fiestas y bailes con los miembros más jóvenes de la logia. Luego de seis meses el joven psiquiatra le había documentado lo suficiente para justificar una incapacidad por problemas de salud mental.

Al séptimo mes, muy contento (aunque esforzándose por no demostrarlo) entregó los documentos en la agencia gubernamental. Con la esperanza de ser declarado incapacitado y obtener la pensión que le permita continuar viendo deportes, jugar por el internet y visitar esporádicamente la logia.

Fue muy Conveniente

Sebastiana asumió el cargo de Diputado del Gran Maestro para el Distrito Sur con gran emoción. Aunque su cara siempre se mantuvo seria y con su característica expresión de coraje. Lo cual engañaría a todos a asumir que ella no quería la posición. En años anteriores había sido el Diputado del Gran Maestro para el Distrito Sur, pero cuando Santiago asumió la 'Gran Maestría' lo destituyó para nombrar a Cesar al cargo.

Cesar era responsable de haber reactivado a la Respetable Logia Jerusalén. Convirtiéndola en la primera y más importante logia de todo el país. Santiago quería a un líder con esas capacidades en su equipo de trabajo. Además del dinero que un doctor en medicina tenia para inyectar a la logia. Por su parte Sebastiana no había logrado mucho como Diputado Gran Maestro para el Distrito Sur (por no decir que no tenía mucho dinero), así que un cambio era necesario.

Desde ese momento Cesar se convirtió en el enemigo de Sebastiana.

Ahora acababa de ser nombrada nuevamente a la posición de Diputado del Gran Maestro para el Distrito Sur, y su primera misión era notificarle a Cesar que ya no ostentaba el cargo. Lo cual hizo en la propia logia de Cesar de la manera más pública y humillante posible. Su expresión de coraje escondía su orgullo. Sólo le tomó 8 meses recuperar la posición que entendía era suya por derecho de ser Sebastiana de la Muy Respetable e Inmaculada Logia Hijos de la Lucerna del Alba.

Su segunda misión era la de investigar los supuestos actos impropios de Cesar. Quien había utilizado su posición de Diputado del Gran Maestro para el Distrito Sur para impedir los actos de corrupción de Miguel. Este había sido un desastre como Maestro de la Respetable Logia Jerusalén, pero siguiendo las instrucciones del Muy Respetable e Ilustre Gran Maestro Santiago, ningún Maestro de Logia se equivocaba y todo lo que hiciera era correcto. Cesar tuvo la osadía de seguir los parámetros del derecho y la justicia de las logias.

-Necesito que me digas lo que pasó.

En su acostumbrado desdén por todos los que no eran miembros de la Muy Respetable e Inmaculada Logia Hijos de la Lucerna del Alba le dijo Sebastiana a Lizardo. Desde que habían comenzado los problemas con el Maestro de Logia Miguel, Lizardo no había faltado. Ese fue el gran favor que Miguel le pidió. Miguel había apoyado a Lizardo en lograr que la logia le 'auspiciara' los uniformes de su equipo de béisbol. Lizardo le 'debía una'.

Además, le dijo que si éste lo apoyaba en todo lo que le dijera, apoyaría a Lizardo para posición de Segundo Vice Maestro. Una vez Jeremías fuera expulsado de la misma.

-Pues, todo comenzó cuando Jeremías...

-No menciones a Jeremías. En este momento quiero que
te concentres en Cesar.

Jeremías había sido suspendido de la logia y todo lo que
había ocurrido entre Cesar y Miguel fue meses después. Ningún
informe podía comenzar por mencionar a un hermano que ya no
era parte de la logia. Aunque de lo que se acusaría a Cesar seria
por defender los derechos procesales de Jeremías, quien había
sido suspendido sin un debido proceso.

-Pues, Cesar era el Diputado del Gran Maestro, y cuando
Miguel trató de sacar a Jeremías...

-Te dije, que me hables de Cesar, no de Jeremías.

Aunque su odio por Jeremías era mayor que el odio hacia
Cesar o la Respetable Logia Jerusalén, el enfoque de su
investigación no podía ser Jeremías. Sebastiana tenía que
concentrarse en Cesar. Así podría enaltecer a su logia y darle
todos los favores posibles.

-Cesar...

Lo que discursó Lizardo no era muy inteligible. Nada de lo
que estaba diciendo sería suficiente para poder justificar la
conclusión y la condena que ya Sebastiana había formulado en su
mente. La falta de sagacidad de Lizardo, al igual que la de Miguel,
le era aparente a Sebastián. De otra manera no los hubiera
podido manipular para que hicieran lo que habían hecho.

-Entiendo, te voy hacer una serie de preguntas para terminar esta entrevista y continuar con mi investigación.

Le dijo Sebastiana de manera mecánica a Lizardo, quien lo miraba atento y con mucha admiración al que había usurpado el poder. Lizardo estaba dispuesto a vender a sus 'hermanos de logia' a un corrupto y a un usurpador por una promesa de títulos y posiciones en la logia.

-Entonces, me quieres decir que ellos estaban en rebeldía contra el Maestro de Logia y en desobediencia con la orden del Muy Respetable e Ilustrísimo Gran Maestro.
-Sí, eso mismo.

Dijo al que en su temprana adultez tuvo que ser sacado del país por sus actividades delictivas con gangas y su falta de discreción con sus crímenes.

-En tu opinión, entiendes que la cabecilla de todo esto fue Cesar.
-Sí.

Dijo quien apoyó al que falsificó documentos para darle un Diploma del Grado que aún no había ganado.

-Si Cesar no hubiera organizado a los hermanos de Jerusalén, ellos se hubieran allanado a las órdenes del Maestro de Logia Miguel.
-Sí, completamente obedientes.

Dijo quien jamás ayudó en la logia por estar muy 'enfermo' para trabajar y se llevaba todo lo que podía.

-Entiendes que las acciones del Maestro de Logia
   Miguel eran adecuadas.

-Todas eran adecuadas.

Dijo quien le dio un martillazo en el oído a una persona y le rompió la pierna a otra por el mero hecho de hacer daño cuando los iniciaba en la fraternidad Alfa Omega.

-Dentro de la logia, fueron las acciones de Miguel legales.

-Sí.

Dijo quien perpetró actos de violencia sexual contra niñas y adolescentes y se salvó del castigo por las influencias de su padre.

-¿Quién más estuvo involucrado en sembrar la discordia
   en Jerusalén?

-Jeremías.

NANDO

El Discípulo Amado

Su Estirpe

Uno de los discípulos amados de Santiago es el Doctor Fernando. Nando, como lo conocían cariñosamente para distinguirlo de su padre y de su abuelo, era uno de los grandes amigos de Santiago. Se habían conocido a través de la Juventud Exploradora. No porque ellos fueron de la Juventud Exploradora (aunque eventualmente, como forma de entretenimiento, el Doctor Nando se involucraría en la dirección de la misma), sino porque los hijos del Doctor Nando y los nietos de Santiago pertenecían a la misma unidad.

Cuando el Doctor Nando se inició en la logia que había acogido a Santiago (luego del escándalo en su *Logia Madre* por solicitar y aceptar sobornos de un contratista), no es de sorprender que se declaró en ésta un día de 'gloria que sería recordado por la eternidad'.

-Hoy es un día de felicidad, no saben cuan orgulloso me siento, bienvenido a casa, mi hermano.

Proclamó Santiago a los pocos hermanos presentes en la logia. El Doctor Nando era un principito. Nació en una familia acomodada con todos los privilegios y expectativas que eso le daba. Inclusive tiene el aire de falsa aristocracia de los que han 'nacido al privilegio'.

La fortuna de su familia provenía del Abuelo Fernando. Una persona adelantada a sus tiempos. Ya que amasó su fortuna en la especulación de bienes raíces (la misma especulación que llevó a la nación al colapso económico a principios de Segundo Milenio). También contribuyó a su fortuna la usura que acompañaba ser gerente del único banco del pueblo.

Por muchos años el Abuelo Fernando fue el gerente de ese banco. En una época cuando las personas más importante del pueblo eran el alcalde, el párroco, el médico y el banquero. En esa época se asumía que las personas de prominencia eran de honra, dignas de confianza y estaban más allá de cualquier acto impropio.

Por mucho tiempo, nadie podía imaginar, de los actos corruptos que transpiraban en el banco. Actos que le dieron una fortuna, a ese gran visionario.

El Abuelo Fernando nunca arriesgó su capital para financiar su especulación en bienes raíces. Lo que hacía era aprobar préstamos hipotecarios a los muertos del pueblo y a las personas que por alguna razón dejaban el pueblo. En otras ocasiones el Abuelo Fernando se los aprobaba a si mismo. Como en aquella época el gerente del banco aprobaba el préstamo, su esquema fraudulento le rindió grandes beneficios. Pudo 'robar' el capital para amasar una fortuna.

Pasaron años antes que las autoridades del banco se dieran cuenta de lo que el Abuelo Fernando realizaba. El horror del abuso de autoridad les llevó a encubrir las acciones del Abuelo Fernando... porque si el pueblo se enteraba de lo que había hecho el banco podría perder credibilidad. Lo cual dañaría su imagen y podían perder clientes (y lo más importante, su dinero).

En aquella época la honra aún era valiosa y personajes como el Abuelo Fernando eran muy escasos. Así que le permitieron retirarse con el dinero mal ganado. Con la condición que se fuera lo más lejos posible del pueblo. Lo cual hizo. La oportunidad de un nuevo comienzo para su descendencia en la capital.

Ese es el linaje del Doctor Nando, linaje que ha honrado con las ejecutorias que harían al Abuelo Fernando orgulloso. Por eso, ese amor instantáneo por el Doctor Nando, se debió a que en algún nivel Santiago podía percibir su linaje corrupto. Él podía simpatizar plenamente con el Doctor Nando. Así que éste sería uno de sus protegidos.

No ha de sorprender que unos meses más tarde, cuando Santiago se convirtió en el Muy Respetable e Ilustre Gran Maestro, le dio todos los privilegios que un emperador romano le daba a los miembros de su familia y amigos. Además, hizo todo lo posible para lograr que las múltiples fallas del Doctor Nando no fueran conocidas.

Resolución de un Conflicto

Luego de graduarse, Nando se casó con una colega que conoció en la escuela de medicina. Una mujer moderna y sofisticada que había experimentado al mundo. Para el Doctor Nando, y una especial mancha para su orgullo machista, esto implicaba que ella había tenido sexo con más hombres que él había tenido con mujeres.

Obviamente eligió a la más bella de las mujeres de la escuela de medicina. Porque alguien de su 'alta alcurnia' no podía estar con una mujer que fuera fea. Es más que obvio que tenía que ser una doctora, algo menos que eso sería indigno para alguien de tan alto nacimiento.

El matrimonio no duró... mucho.

No porque Nando y su esposa tuvieran grandes problemas matrimoniales. Su vida matrimonial era monótona. Tal vez, con el pasar del tiempo, la cotidianidad hubiera matado a ese matrimonio. Sin embargo, fue la constante intromisión de la madre del Doctor Nando en la vida matrimonial de la pareja, lo que los llevó al divorcio. Los problemas comenzaron cuando la Vieja Metiche compró un apartamento en el mismo complejo residencial de los recién casados.

-Yo quiero estar cerca de ustedes para ayudarlos en lo que sea.

Eso parecería una gran consideración, por no decir un desesperado grito de sentirse útil (o tal vez por nietos). La realidad era que la vieja se metía en la casa del matrimonio a diario. Constantemente criticaba a la esposa del Doctor Nando. No importaba lo que la esposa hiciera nunca era lo suficientemente bueno para su hijo. Lo peor para la esposa no fue que su esposo nunca la defendió ante los improperios de su madre. Lo más indignante fue que él le daba la razón a su madre de lo indigna que ella era.

La esposa del hijo de un corrupto, que vivía de los frutos mal ganados, menospreciaba a la mujer que vino a quitarle a su principito. Qué más podía ser él, sino un príncipe. La esposa del Doctor Nando aguantó los maltratos por varios años. Trabajando como médico, atendiendo el hogar y aguantando los caprichos de un principito y su madre.

La resistencia ante la impertinencia tiene un límite.

El matrimonio terminó cuando la esposa del Doctor Nando no soportó más las intromisiones de una Vieja Metiche. La separación ocurrió después que la nuera corriera a la suegra con un cuchillo. Por demás está decir que luego de este evento se separaron.

Más que obvio es que quien tuvo que dejar la casa fue la mujer. Porque en las capitulación matrimoniales cada quien se quedaría con lo que aportó. A pesar que ambos pagaron por el apartamento en partes iguales, el Doctor Nando se encargó de ponerlo todo, casa, cuentas de banco, autos, a su nombre. No sólo eso, el Doctor Nando intentó declarar a su esposa deficiente mental. Pero el tribunal civil le dio la razón a la mujer, y adscribió su actos a una situación 'mal sana en el hogar'. Cuan indignada se sintió la Vieja Metiche.

Finalmente se divorciaron.

Quitarle todo el dinero y propiedades en el divorcio, dejando sin techo a la que fue su esposa, no fue suficiente. El Doctor Nando compró de la iglesia la anulación de su matrimonio. El Tribunal Eclesiástico es como cualquier otro tribunal: la justicia tiene un precio.

Contratando los servicios de Padre Tomás, joven abogado y sacerdote famoso por su hambre de éxito y carencia de escrúpulos, el proceso de Anulación de Matrimonio comenzó.

Si alguien merecía lastima era la ex esposa. Ella estaba sola, sin apoyo alguno, ante un tribunal comprado. El cual se vendió, en parte, por el espectáculo de una vieja llorosa apoyada por el abnegado hijo... y otras cositas más.

-Miren el sufrimiento que ha causado esta mujer al Doctor Fernando y a su madre. Buenos cristianos y abnegados sostenedores de la iglesia.

Dijo el Padre Tomás mientras mostraba su caso ante el tribunal eclesiástico. Su cara de compungimiento escondía la sosegada sonrisa de alguien que sabía no decir la verdad. El Padre Tomás sabia de las verdaderas intenciones del Doctor

Nando y la Vieja Metiche. Las que no sabía, las podía descifrar. Durante el proceso de Anulación de Matrimonio, alguien le donó 'anónimamente', para las oficinas de la Rectoría del Obispo y las de su sequito, aires acondicionados.

El Doctor Nando había comenzado a darle servicios médicos gratuitos a los seminaristas y al convento local de las monjas. La Vieja Metiche organizaba un 'club de damas' para ayudar a la parroquia.

Eventualmente, a puertas cerradas, se logró que la iglesia anulara el matrimonio. De tal forma, el Doctor Nando estaría en plena libertad de casarse propiamente ante los ojos de Dios, la iglesia y la comunidad... otra vez.

Mientras tanto, el trabajo de Padre Tomás en la anulación fue tan extenuante que necesitó unas vacaciones. Luego que la anulación fue declara *final y firme*, una 'anónima' familia le auspició los costos de sus vacaciones. Por primera vez el Padre Tomás viajó a Europa y a Tierra Santa... tomó muchas fotos.

Un par de años más tarde, el Doctor Nando volvió a casarse, con otra doctora. Esta vez con una muchacha de origen humilde, huérfana de padre, de una familia profundamente cristiana y con los valores tradicionales que sólo se encontraban en las familias que habían emigrado de los campos a la ciudad. Mujer perfecta para soportar las idiosincrasias de un Principito y una Vieja Metiche.

Luego de la fiesta de bodas y la luna de miel, lo primero que hizo la Vieja Metiche fue comprar una nueva casa en el mismo lugar donde los recién casados decidieron comprar la de ellos...

La Gente Común es Mucho más Primitiva

Sin lugar a dudas el Doctor Nando es uno de los protegidos de Santiago. Así que cuando Santiago ganó ese concurso de popularidad llamado elecciones y se convirtió en el 214vo Muy Respetable Venerabilísimo, Ilustrísimo e Infalible Gran Maestro del Gran Oriente Nacional y Soberano de las Logias Mixtas en Razas y Género del País, el Doctor Nando se sintió protegido. Más importante, apoderado.

Sentado en las gradas durante la Gran Comunicación Anual el Doctor Nando tomó su teléfono móvil y le escribió un mensaje de texto a Santiago. 'Felicidades, Muy Respetable e Ilustre Hermano', fue el tercer mensaje que recibió Santiago de los 418 que recibió antes que pasara una hora desde su elección.

-Gracias mis respetados y queridos hermanos. Ustedes me honran con su elección a este gran honor.

Dijo Santiago con toda la falsa modestia que podía evocar de su ser. Desde el Gran Trono del Gran Oriente Nacional y Soberano lo único que veía era a sus futuros lacayos.

Los papas de la iglesia cristiana que reinaron durante la Edad Media y el Renacimiento se hubieran sentido muy envidiosos de las acciones, validadas por sus lacayos, de Santiago. Como el más digno de los exponentes del *nepotismo y amiguismo*, el nuevo Muy Respetable e Ilustre Gran Maestro se dedicó a poner en posiciones de poder a todos sus familiares y amigos. Hasta tuvo la osadía de poner en posiciones de poder a personas que no estaban preparados. Por demás está decir, sin las cualificaciones necesarias para desempeñar una tarea. Estableció nuevos comités y grupos de asesores cuando ya no había más posiciones y títulos que otorgar.

Su mayor descaro, dentro de la logia, fue cuando invistió a su nieto Tiago con múltiples títulos. Santiago nombró a su sequito a un muchachito que no llevaba más de 6 meses como 'hermano de logia'. De facto, dándole el título de Respetable Hermano, ante quien los 'hermanos de logia' que llevaban más 20 años de experiencia tendrían que bajar su cabeza.

Además, Santiago logró que en la logia donde se refugió eligiera a su nietecito a la posición de Maestro de Logia. También manipuló para que el muchachito entrara al liderato de los Grado Superiores del Capítulo Norte.

Lo que Santiago hizo con su nieto, fue el acto más descarado de corrupción que haya podido ser recordado en tiempos recientes. Sin embargo nadie dijo algo, todos guardaron silencio. Porque había que respetar al Muy Respetable e Ilustre Gran Maestro, aunque fuere un corrupto. Gracias a sus acciones, a su nieto no se le podía señalar porque el Maestro de Logia es 'inviolable'.

Al ver todo los honores y posiciones que le otorgaron a Tiago, el Doctor Nando comenzó a salivar como el perro hambriento de lo ajeno que siempre fue. Después de todo el conocía a Santiago desde antes de ser 'hermano de logia' y sus hijos y los nietos de Santiago fueron de la Juventud Exploradora en la misma unidad y estudiaron en la misma escuela. Algo le debería tocar al Doctor Nando.

No se equivocó, el Doctor Nando fue uno de los principales beneficiarios de los actos impropios de Santiago. Quien se dedicó a investir al Doctor Nando de todos los títulos y posiciones que le podía dar. Hasta le dio una posición en su sequito, sin haber efectuado el trabajo necesario en la cantera fraternal. Llevaba menos de 1 año como 'hermano de logia', nunca había sido oficial de logia o invertido el tiempo para visitar otras logias y ver sus trabajos.

Pero que importaba, ahora tendría los honores que un principito de una herencia mal ganada merecía. 'El Respetable Hermano, Doctor Nando', proclamó triunfalmente Santiago al llamarlo por primera vez ante la Gran Comunicación Anual para que tomara los juramentos de rigor. Muchos murmullos fueron escuchados, pero en murmullos se quedaron.

-Hoy es un día de gloria para el Gran Oriente Nacional y Soberano. Que un hermano de su calidad haya respondido a mi llamado para servir al Gran Oriente Nacional y Soberano es un ejemplo para los 'hermanos de logia' que lo único que hacen es criticar...

Las vacías loas, y regaños inmerecidos a la justa disidencia, por parte de Santiago duraron unos 15 minutos.

Cuando terminó de hablar muy pocos tenían ganas de comentar sobre los trabajos del día. Sabían que el nuevo Muy Respetable e Ilustre Gran Maestro les daría otra vacía diatriba y se quedaría con la última palabra, el privilegio del Muy Respetable e Ilustre Gran Maestro.

Un abrazo ante el *Ara Sagrada*, frente a todos los miembros presentes de la Gran Comunicación Anual, selló la protección de Santiago al Doctor Nando.

Darle títulos y posiciones al Doctor Nando no sería suficiente. Santiago tendría que proteger la imagen del Doctor Nando, protegerlo de sí mismo, de su pasado y de su vida privada. De todos los pecados que el Doctor Nando continúa secreta y orgullosamente practicando. Los cuales, si los 'hermanos de logia' se enteraran, si supieran quien verdaderamente es el Doctor Nando, lo menos que pedirían sería su renuncia a puestos y títulos.

La más Brillante Técnica de un Propagandista...

Desde que se convirtió en Muy Respetable e Ilustre Gran Maestro, Santiago no perdió el tiempo en ejercer su poder y autoridad sobre los 'hermanos de logia'. Tomó todos los privilegios posibles que su posición le podía otorgar. Su calidad de vida mejoró mucho desde que se apropió del Gran Trono del Gran Oriente Nacional y Soberano. Santiago tenía que proteger su posición en la logia. Lamentablemente de quien se rodeó no eran los mejores elementos de las logias. No ha de sorprender que en proteger a sus acólitos, Santiago se estaba protegía así mismo.

De todos sus lacayos era el Doctor Nando, seguido muy de cerca por Miguel, el que más protección requería. Porque, aunque su nieto Tiago era usuario de drogas, sabía cómo mantener la imagen de ser un *hombre libre y de buenas costumbres*. También, muchas de las sabandijas que se beneficiaron de la buena fortuna de Santiago sabían cómo mantener esa 'buena imagen'.

Santiago utilizaba la Gaceta Semanal del Gran Oriente Nacional y Soberano con el fin de proteger al Doctor Nando. De los merecidos efectos de su alcoholismo, del maltrato que perpetraba contra su familia y de una relación sospechosamente incestuosa con su madre. La Gaceta Semanal, según los Estatutos del Gran Oriente Nacional y Soberano, tenía que ser publicada y enviada a cada logia. Allí se informaba de las noticias y actividades de las logias, artículos escritos por 'hermanos de logia', quienes solicitaban admisión y ascenso en los grados, además, el Muy Respetable e Ilustre Gran Maestro tenía una columna. En la cual, idealmente se reportaba de sus faenas en pro del Gran Oriente Nacional y Soberano, pero en realidad era un instrumento de propaganda.

Un gran instrumento para la propaganda fue. En algún momento de su lejana juventud Santiago leyó en uno de los libros prohibidos por la iglesia cristiana y la logia (y el gobierno alemán):

La gente común es mucho más primitiva de lo que imaginaba. La propaganda deberá ser siempre esencialmente simple y repetitiva. La más brillante técnica propagandista no producirá éxito al menos que el fundamento principal sea mantenido en la mente constantemente, el cual deberá estar reducido así mismo a sólo pocos puntos y repetirlos hasta la saciedad y desgaste mental.

Ese párrafo, al igual de otros igualmente perversos en otras áreas del quehacer humano, Santiago lo había memorizado en esa efímera juventud. Nunca lo pudo olvidar. Y si Santiago fuera franco consigo mismo, sabría que parte de su éxito en la logia era la aplicación de esa perversidad que memorizó cuando era un joven.

Como adulto, entrando en su 'tercera edad', ya era un maestro de la manipulación. Así que utilizaría los recursos del Gran Oriente Nacional y Soberano para hacer relaciones públicas en favor del Doctor Nando.

-Este es el mensaje de esta semana. Pásalo en la computadora y lo pones en el formato... cuando termines, lo traes a mi oficina.

Le comandó Santiago al Hermano Salomón, el Gran Secretario, un fornido afro caribeño. Que parecía más un criado del Muy Respetable e Ilustre Gran Maestro que el Gran Secretario de una organización nacional. Tratarlo con un poco de desdén siempre le dio a Santiago cierta titilación. El descendiente de inmigrantes vascos que se asentaron en las tierras agrarias de la cordillera central, su sangre nunca se tiznó con los africanos que fueron esclavizados en las costas.

-Como usted diga Muy Respetable e Ilustre Gran Maestro.

Contestó de manera sumisa el Hermano Salomón mientras comenzaba a leer el manuscrito. En los primeros días del reinado de Santiago, creyendo la teoría que todos los 'hermanos de logia' son iguales, el Hermano Salomón cometió el error de correctamente llamarlo 'Hermano Santiago'. El Hermano Salomón jamás volvió a cometer ese error. 'Los hermanos son iguales entre sí, pero algunos son más iguales que otros', algún 'hermano de logia' en algún momento parafraseo ese dicho.

El manuscrito que le entregó estaba lleno de pequeñeces. Acciones minúsculas. Insignificantes proezas. Toda la minucia que hacía el Doctor Nando en su vida fuera de la logia. Eran pocas las semanas en la que, de alguna forma o manera, no se mencionará o alabará al Doctor Nando en la Gaceta Semanal y se despotricará contra los críticos de la administración de Santiago.

-Los que me critican, no lo hacen a mí como persona, lo hacen contra la institución del Muy Respetable e Ilustre Gran Maestro. Por lo cual tienen que ser perseguidos y castigados. Ese es el deber de todo 'hermano de logia'.

El Hermano Salomón se sentía incómodo con la línea editorial de la Gaceta Semanal, pero nunca dijo algo. 'Al Muy Respetable e Ilustre Gran Maestro, se obedece', le dijo el Ex Gran Maestro Inmediato, un ex militar y respetado miembro de la sociedad civil. A diferencia de Santiago, al Ex Gran Maestro Inmediato, por sus ejecutorias personales y logros profesionales, se le debía gran deferencia. Por lo cual el Hermano Salomón lo obedecía sin pensar. Actitud muy envidiada por Santiago.

Muchas veces el Hermano Salomón pensó, que si se comparaba al Doctor Nando con los verdaderos gigantes de las logias del pasado, y el presente, cuan insignificante verdaderamente era. Sin embargo, mágicamente, Santiago ignoraba a esos gigantes con toda la pompa de un *pseudo* pontífice y como buen lacayo el Hermano Salomón obedecía.

En el manuscrito Santiago se ocupó de resaltar las banales acciones del principito Nando. La breve conferencia que regurgitó en una pequeña logia. Que fue promovido en un grupo de voluntarios famoso por promover en rango de acuerdo con la cantidad de dinero que, y a quien, se 'done'. Su participación en un juego amistoso entre logias del distrito. Y que fue el Doctor Nando quien trajo las cervezas a la reunión de su logia. Santiago concluyó haciendo hincapiés en que el Doctor Nando era uno de los mejores ejemplos de lo que es ser un 'hermano de logia'.

'Cuantos 'hermanos de logia' han terminado sus estudios universitarios, cuantos han publicados sus obras, cuantos han sido promovidos en la milicia, cuantos han logrado distinguirse de manera significativa en sus comunidades y áreas profesionales', filosofó *fragmentadamente* el Hermano Salomón, pero no habló.

El Hermano Salomón sabía que Santiago no resaltaría esos logros. 'Ya que muchas de las personas que han logrado algo de importancia en el mundo 'real' no necesitan al Muy Respetable e Ilustre Gran Maestro. No tienen que adular a un mediocre como Santiago. Aquel que tiene las destrezas y conocimientos no necesita 'pegarse' de la victoria electorera de tal personajucho para lograr algo de importancia', la musa poética tocó al Hermano Salomón, pero no habló.

-¿Ya terminaste de transcribir?

Le comandó Santiago una respuesta al Hermano Salomón inmediatamente que entró a su oficina.

-Sí.

Tenuemente contestó el fornido moreno a la vez que le entregaba el documento terminado. Muy sumiso, sin mencionar los arreglos de ortografía y gramática que le tuvo que hacerle al manuscrito, el Hermano Salomón esperó parado y en silencio cual sería el próximo comando que le haría Santiago.

-Muy bien, puede retirarse.

Le dijo tajantemente Santiago a su 'hermano de logia'. Obedeciendo con una sonrisa que destellaba la blancura de sus dientes en contraste con la negritud de su piel, el Hermano Salomón regresó a su oficina a seguir laborando para su Muy Respetable e Ilustre Gran Maestro.

Santiago leyó con gran satisfacción lo que había escrito.

De eso no se Escribirá en la Gaceta Semanal

Para Santiago la Gaceta Semanal era el instrumento de no presentar la verdad de quien era el Doctor Nando. La cotidianidad del Doctor Nando era demasiado dañina como para permitir que los demás 'hermanos de logia' se enteraran de ella.

Además, se reflejaría muy mal en el Muy Respetado e Ilustre Gran Maestro Santiago si no se rodeara de las personas más 'respetables' de todas las logias de la isla. Así que en la Gaceta Semanal no se escribiría que el Doctor Nando se deleitaba en los excesos del alcohol.

Gracias a esos excesos, que había convertido en un arte, él había logrado que las personas se alejaran de su casa. Sus vecinos, y casi la totalidad de la familia de su esposa, lo detestaban. Durante las celebraciones navideñas al Doctor Nando le gustaba hacer la fiesta más suntuosa que el dinero pudiera comprar (dentro de un presupuesto). Invitaba a todos los vecinos y familiares de su esposa... luego se emborrachaba.

Entonces hacía todo lo posible por ofenderlos. Ya que él era el dueño de la casa, por lo cual él podía hacer lo que le diera la gana con sus invitados.

En una ocasión los invitados tuvieron que esperar hasta las 10 de la noche para cenar. Porque la Vieja Metiche estaba borracha y no quería ir a la fiesta. Así que el Doctor Nando dictaminó que nadie comería hasta que ella viniera a la mesa.

-Si no les gusta, que no vengan.

Proclamaba a toda voz un ebrio Doctor Nando desde la cocina.

Con el tiempo sus vecinos, ex amigos, ex colegas y los ex familiares de su esposa aprendieron. Dejaron de asistir a las fiestas de navidad del Doctor Nando... y simplemente dejaron de tener alguna relación con esa 'familia'.

Tal vez el Doctor Nando lo hacía todo con intensión. Quizás el ofender para alejar a las personas, no eran los arrebatos de un borracho. Porque en la privacidad del hogar, detrás de puertas cerradas, el Doctor Nando era un padre y esposo mal tratante. Esa realidad había que esconderla.

De eso no se escribiría en la Gaceta Semanal.

Muchas veces llegaba borracho a la casa luego de un arduo día de *golf* o de estar con alguna unidad de la Juventud Exploradora. En esas ocasiones, en especial cuando estaban los familiares o las pocas amistades de su esposa, le decía jactanciosamente y en tono amenazante,

-Verdad que yo no te maltrato.

Siempre era incómodo para todos. Menos para él. Su esposa siempre le contestaba, luego de un incómodo silencio, un tímido 'no'.

-Verdad que yo soy un buen esposo.

Le continuaba recriminando frente a su familia y amigos. Un temeroso 'si' siempre contestó. '¿Qué más podía ella decir?', pensó el hermano de su esposa. Quien sospechaba que algo sucedía. Pero nunca dijo algo.

En esos días, en los que familiares o amistades no estaban, era de su mayor conveniencia que ella tuviera la cena lista. Luego de trabajar todo un día en la oficina médica, la mesa debía estar preparada y la comida caliente. Ya que sus múltiples compromiso en el voluntariado no le permitían al Doctor Nando hacer ninguna tarea en el hogar. Más aun, eso era tarea de la mujer.

En varias ocasiones el hermano de su esposa presenció el espectáculo. De cómo el Doctor Nando llegaba con sus palos de *golf* y preguntaba que había de comer. En más de una ocasión el hermano le escucho decir,

-Eso no me gusta… prepárame otra cosa.

Como mujer sumisa, la mujer de un padrote, mujer mal tratada, ella volvía a cocinar 'otra cosa'.

De eso no se escribiría en la Gaceta Semanal.

El Doctor Nando tiene un estilo de vida muy cómodo, él vive del esfuerzo de su esposa. En la Gaceta Semanal nunca aparecería escrito como el Doctor Nando le quitaba el dinero que su esposa generaba con su trabajo. Diariamente la madre del Doctor Nando pasaba por la oficina para 'cuadrar la caja' y 'hacer el depósito en el banco'. Pero no lo hacía en la cuenta de la esposa, ni siquiera en la cuenta que tenía el matrimonio… el depósito se hacía en la cuenta personal del Doctor Nando.

La Vieja Metiche era quien administraba 'el dinero de su hijo'. La mujer que se casó con su hijo, que trabajaba a diario, sólo merecía una mesada de lo que 'generaba la oficina' (que su hijo nunca pisaba). Ni siquiera unas vacaciones eran merecidas.

Cuando el 'niño mimado de papa' *tuvo* que ir a Europa a terminar sus estudios en alguna materia inservible (los hijos de principitos de herencias mal ganadas sólo estudian artes o en el mejor de los casos la profesión del padre), toda la familia *tuvo* que ir con él.

El Doctor Nando, el niño mimado, los otros bastardos... pero no la esposa... la madre de los bastardos y el niño mimado.

La excusa era simple, la esposa no tenía un pasaporte. El Doctor Nando le decía a su esposa que no podía tener pasaporte, por lo cual no podía salir del país. La excusa perfecta para que no fuera de vacaciones a Europa.

El Doctor Nando le decía una y otras ves, como la mentira que tiene que ser repetida muchas veces para que sea creída,

-Gracias al servicio militar de tu padre, tu naciste en Europa, y todos los que nacen en bases militares fuera del país no son verdaderos ciudadanos. Tú no eres un verdadero ciudadano.

Gracias a esa 'excusa' la esposa se quedó trabajando en la oficina médica, mientras el Doctor Nando y sus bastardos estaban de vacaciones y el niño mimado termina sus inservibles estudios. Menos la Vieja Metiche, quien tenía que cuidar la oficina medica de su hijo.

Cuantas veces la esposa lloró en su auto antes de entrar a la casa del Doctor Nando. Cuantas veces prefirió trabajar largas horas en la oficina o en el hospital para no llegar a la casa. Pero siempre llegaba, siempre cumplía con los deberes de esposa y mujer...

Además, qué podía hacer ella. Un divorcio no era una opción. Aparte de la *adoctrinación* religiosa que equiparaba el divorcio con el pecado (aunque fuera el divorcio de un esposo mal tratante) ella lo perdería todo. Luego del casamiento el Doctor Nando y la Vieja Metiche llevaron a la recién esposa a un abogado. Quien en plena complicidad con esas dos despreciables excusas de ser humano coaccionaron a la esposa a firmar capitulaciones matrimoniales donde ella lo perdería todo si se divorciaba...

María sólo podía llorar...

De eso no se escribirá en la Gaceta Semanal...

Ni de eso se Escribirá en la Gaceta Semanal

En una ocasión el Doctor Nando, cuando su esposa estaba trabajando y él tenía que ir a jugar *golf*, dejó a sus hijos con su queridísima madre.

Esa señora, sólo sabía ser una vieja metiche, nunca aprendió a hacer nada en su casa. Por lo cual cuidar a sus nietos era un problema, más cuando tenía que darle qué comer. Era un hecho probado que la madre del Doctor Nando no sabía cocinar. Nunca tuvo la necesidad de aprender. Así que ella se sacrificó, abrió un pote de espagueti, que debió estar en su alacena por una década, y le dio de comer a sus nietos.

Lo que ella no sabía era que estaban pasados de expiración, y la lata había oxidado la comida. Dándole un mal sabor. Que sabía ella de eso.

Los niños no querían la comida. Pero sabían que si la rechazaban algún castigo tendrían. Ellos sólo debían esperar. La Vieja Metiche no los iba a observar todo el tiempo. La telenovela era su entretenimiento y ver a niños comer no era entretenido.

Entre las alternativas, consideraron echar ese engaño de comida al zafacón. Pero ella lo veía, o su criada a tiempo parcial (porque la oficina medica de su hijo no rendía lo suficiente como para tener una a tiempo completo) limpiaba el zafacón a diario. Se la podrían dar al perro. A la Vieja Metiche no le gustaban los animales. Así, que ellos serían creativos...

-¿Terminaron?

-Sí, mamá.

Su padre los recogió luego que terminó sus '18 hoyos' y fue felicitado por los hijos tan bien educados que no molestaron en toda la tarde. Hasta limpiaron los trastos del almuerzo.

Pasaron unos días cuando muy apresuradamente el Doctor Nando llevó a sus hijos nuevamente a la casa de su amadísima madre.

-¡Nando! Mira lo que me hicieron tus hijos... me dañaron la alfombra.

Los niños fueron creativos en deshacerse del incomible engrudo que la Vieja Metiche les dio.

-Arrodíllense, y pídanle perdón a mi mama. Ella hace todo lo posible por quererlos. Hasta sacrifico su visita al *biuti* por ustedes. Pero ustedes no cooperan. ¡Pidan perdón!

Ni de eso se escribirá en la Gaceta Semanal.

ARÍSTIDES

Un Hermano Ejemplar

Una Medalla

Arístides comenzó su carrera en la logia por ser un *Legado*. Es decir, ya tenía familiares dentro de la logia... su padre. Según se recuerda en su logia, su padre fue muy activo y razonablemente prominente en su época. Lo cual implica hace dos generaciones. Este hecho es el fundamento para la primera gran mentira de Arístides en su manipulada vida como 'hermano de logia'.

Para alentar a que los padres trajeran y *adoctrinaran* a sus hijos en los dogmas de las logias, se había instituido una medalla. Esta medalla distinguiría a las generaciones de 'hermanos de logia' que eran fieles a los credos de la misma. Por ser un *legado* Arístides tendría derecho a la Medalla de la Piedra Angular. Pedazo de metal en su pecho que lo reconocería como tal. ¿Cuál era el problema para 'reconocerlo como tal'?

Se había instaurado como regla que para poder obtener la Medalla de la Piedra Angular, el 'hermano de logia' tenía que iniciarse en la misma logia de su padre. Arístides no se inició en la logia de su padre. Consideraba a la Respetable Logia Jerusalén, donde su padre laboró como 'hermano de logia' y fue Maestro de Logia, no era lo suficientemente buena. Arístides alegaba que la logia de su padre le 'faltaba mucho' como ejemplo de 'ser' una logia.

Así que eligió una logia de mayor prestigio. La realidad que pocos conocían de la Muy Respetable e Inmaculada Logia Hijos de la Lucerna del Alba, es que ésta vivía de las glorias del pasado. Lo único le queda era la imagen y el nombre de haber sido una de las mejores y más importantes logias de la isla.

Su mentira. Su manipulación.

La obtención de la Muy Respetable e Inmaculada Logia Hijos de la Lucerna del Alba un documento que dijera que él merecía la Medalla de la Piedra Angular. Mediante engaño logró la firma del Maestro de Logia David. Los cómplices de Arístides en esta noble faena, Ramona y Sebastiana, le otorgaron la medalla a pesar que ellas sabían que él no cualificaba para ella.

Mentiras y manipulaciones le dieron una medalla.

La Clave del Éxito

Cuando comenzó a avistarse una crisis en la administración de la Muy Respetable e Inmaculada Logia Hijos de la Lucerna del Alba, muy hábilmente, Arístides se mantuvo tibio. Sabía que no lo iban a vomitar. Nunca tomó posición alguna. Siempre estuvo 'sentado en la cerca'. Esperando por quién saldría como la fuerza dominante en la logia.

Jamás presentó alguna posición que lo pusiera en contraposición con alguno de los hermanos. Siempre coqueteaba con los dos bandos que se habían formado en la contienda por el Trono de la Logia. 'Hermanos, por favor', decía antes de comenzar a *cantinflear* tonterías de amor y fraternidad… en las que no creía.

Así, cuando surgió la posibilidad de un vacío en la línea a la posición de Muy Respetable, Venerable e Inviolable Maestro de la logia, él estaba listo para asumir la posición como un candidato neutral. Cuál fue su problema, no tenía los requisitos necesarios para asumir el Trono de la Logia. Lo único que tendría que hacer para asumir el trono era apuñalear al que fue su mentor, el actual Maestro de la Logia... David.

Arístides sabía que el Venerable Hermano David no le permitirá llegar al Trono de la Logia sin los méritos necesarios. David era una persona recta, tanto ética como moralmente. Quien no permitiría que se actuara fuera de lo conforme en las leyes de las logias. Pero que le importaba eso a Arístides y sus secuaces.

Mentiras y manipulaciones posicionaron a Arístides para poder lograr un título. Sus acciones a escondidas del Maestro de Logia David lograrían darle un Trono que no merecía. Un Trono que Arístides secretamente codiciaba.

En las logias se inculca el dogma que jamás se pide para sí mismo. Es una falta a la 'ética de logia' hacer un llamado y decir 'yo quiero'. Sin embargo Arístides lo hizo, llamó al Gran Oriente Nacional y Soberano de las Logias Mixtas en Razas y Género del País y solicitó la dispensa necesaria para poder asumir el Trono de la Logia. Arístides obvió la jerarquía de la logia, ya que, quien sólo puede pedir una dispensa de 'seguir' los reglamentos es el Maestro de la Logia.

Arístides presentó la imagen que no habían otros 'hermanos de logia' disponibles para asumir el liderato. Él ofuscó la realidad que existían 'hermanos de logia' que cumplían con los requisitos para asumir el Trono de la Logia. También escondió la realidad que entre ellos habían 'hermanos de logia' dispuestos e interesados en asumir la posición más importante de la logia. Inclusive se obvió la alternativa que Ex Maestros de Logia pudieran asumir el Trono.

También ayudó que en esa época Sebastiana era el Diputado Gran Maestro para el Distrito Sur. Uno de los proyectos que había tomado como suyo fue la organización de un Capitulo de la Orden Juvenil. Irónico si se considera que ella (en compinche con Ramona) fue instrumental en deshacer el capítulo juvenil de la Muy Respetable e Inmaculada Logia Hijos de la Lucerna del Alba. Su insistencia en este proyecto dio paso a una serie de informes negativos sobre el Maestro de Logia David.

Quien insistía en una serie de requisitos antes de aprobar que la Orden Juvenil se instalara en la logia. Requisitos que Sebastiana consideraba innecesarios: como tener un seguro de responsabilidad pública, la redacción de un reglamento para esos jóvenes y un plan de trabajo que fuera más allá de poner a los jóvenes a limpiar la logia.

Cuando Sebastiana presentó a Arístides como uno de los que apoyaban la instalación de un Capitulo de la Orden Juvenil, eso agrado grandemente al Muy Respetable e Ilustre Gran Maestro. La Orden Juvenil era su proyecto personal. Esto tildó la escala en favor de Arístides. Mentiras y manipulaciones lograron el permiso para asumir una posición para la que no tenía derecho.

El día de la elección fue la conclusión de todos los esfuerzos en la manipulación de personas y de un sistema administrativo y del hábil uso de las mentiras. El primer pasó, se aseguraron que la información, de que la posición de Maestro de Logia estaba disponible, le llegara a los menos 'hermanos de logia' posible. El segundo, se aseguraron que aquellos 'hermanos de logia' que apoyaban a Arístides fueran los informados y alentados a participar en las elecciones. Todos aquellos que no lo apoyaran serian excluidos de la información.

Esto lo lograron por medio de Ramona, el Secretario de la Logia, quien controla los avisos a los miembros de la logia; y Sebastiana, el Tesorero de la Logia quien recibe el pago de cuotas para poder votar. Inclusive el Director del Comité de Elecciones, Roberto, insistió que personas que no fueran miembros de la logia fueran expulsadas del Templo. A lo cual el Maestro de Logia David se opuso y permitió la presencia de los 'hermanos de logia' que visitaban. 'Yo no tengo algo que esconder', concluyó su decisión.

Que valga aclarar que el Muy Respetable, Venerable e Inviolable Maestro David hizo esfuerzos para que 'hermanos de logia' cualificados se enteraran y participaran de las elecciones. El Hermano Alí respondió al llamado del Maestro de Logia David, y se presentó como candidato al Trono de la Logia. Contrario a los refranes, los honrados esfuerzos de una persona digna jamás podrá contra los de una organización de hombres esclavos de sus pasiones y de malas costumbres.

Después de vacíos discursos diseñados al apoyo y ofuscación concluyó un proceso eleccionario *pro forma*. Por demás está decir que Arístides ganó la elección...

Arístides y su equipo estaban tan seguros de su elección al Trono de la Logia que ya tenían preparado un banquete celebratorio. No sólo eso, ya habían organizado la fiesta de navidad a unos días luego de la elección. Hecho sorprendente si se toma en consideración la incompetencia de Ramona y Sebastiana en todos los asuntos de la logia durante el año del mandato del Maestro de Logia David. Todo esto sin tan siquiera consultar al Venerable Hermano David quien continuaría dirigiendo los destinos del logia por los próximos dos meses.

Mentiras y manipulaciones posicionaron a Arístides para poder lograr una posición para la cual no estaba preparado o merecía. El apoyo de personas que deshonran el título de 'hermano de logia' aseguró su obtención. El decir 'he recibido el llamado al Trono de la Logia de mi logia madre' no es razón suficiente para ser Maestro de Logia y nadie debería aceptar a Arístides como tal. Más cuando es un asunto de beneficio personal y gratificación del ego.

Lo triste es que este tipo de persona es la que ha de triunfar y subir muy alto en la Muy Respetable e Inmaculada Logia Hijos de la Lucerna del Alba. Ser un embustero y un manipulador deja frutos... Arístides y sus secuaces lo han demostrado.

La elección de Arístides es un día triste en la historia de las logias del país y de vergüenza para quienes lo permitieron... un testamento de lo que es un hombre libre y de buenas costumbres en las logias.

Toma de Posesión Presidencial

Domingo 16 de enero.

Hoy Arístides será instalado como Muy Respetable, Venerable e Inviolable Maestro de la Muy Respetable e Inmaculada Logia Hijos de la Lucerna del Alba. El sólo decir el nombre de la logia de esos petulantes es extenuante.

Dentro del protocolo de logia todos los hermanos de la obediencia (en especial los del Distrito Sur) deben participar de los Rituales de Instalación. Cuyo clímax es cuando se forma una procesión de todos los 'hermanos de logia' presentes y por primera vez se le saluda oficialmente como el Maestro de Logia. Como oficial de la Respetable Logia Jerusalén es mi deber indelegable estar en esta actividad. Es mi deber ofrecerle los saludos de mi logia y saludarlo con todo el rigor del protocolo de cualquier instalación de un 'hermano de logia' al Trono de la Logia.

Las hipocresías a las que se obliga en las logias.

No lo saludaré. Me rehúso a saludar a un Maestro de Logia que representa toda una maquinaria corrupta. Me rehúso a saludar a una persona que ha robado su puesto mediante la mentira y la manipulación.

Las personas que contribuyeron en la corrupción de la logia para poner a Arístides en el Trono, me llamaron a la atención. Por mi intensión de 'falta de decoro en la logia'. Cuan irónico que personas corruptas, que implantan constantemente la práctica del chisme y la garata, pidan el decoro a una persona que no está de acuerdo con su corrupción.

Eso es lo normal en las logias.

Ni las amenazas de amonestación formal de estas despreciables personas, me pueden obligar a saludar a su monigote. Que fuerza moral tiene un patán de una vega, con un título prestado, quien abuza de su poder, para exigirme venerar al mentecato que ha elegido exaltar.

Saludar a Arístides es contribuir a validar la corrupción.

El argumento que se me presenta de que 'a lo que se saluda es al puesto de Maestro de Logia y no a la persona' carece de validez. Porque una persona sin honor deshonra la posición y la hace invalida. Si se saluda a esa persona lo que hacemos es validar el deshonor que esa persona trae a la posición.

Las logias crean autómatas que saludan a lo que sea.

Estoy seguro que esa tontería de que hay que saludar a la posición o el rango se la inventó la primera persona que no tenía las cualificaciones para el mismo. Imagino que contrató a la mejor compañía de relaciones públicas, ya que le faltaban las habilidades para hacerlo. De tal forma que se implementara la idea que no se le saluda a la persona, sino que se saluda a la posición o el rango.

Arístides es una persona indigna de ostentar el puesto de Maestro de Logia... de cualquier logia. Esto por sus faltas en la ética fraternal y su oportunismo. Nadie lo debe reconocer... nadie lo debe admitir... nadie lo debe saludar como Maestro de Logia... el que lo haga lo único que logra es desvirtuar nuestra institución...

A la Sombra del Padre

Arístides ha vivido siempre a la sombra de su padre. Por más que ha tratado, nunca ha podido salir de ella. Es casi una maldición para él que su padre haya sido una gran persona y un mejor 'hermano de logia'. Si su padre hubiera sido un mediocre, entonces sería más fácil, para un fracasado como Arístides, poder salir de esa sombra.

Eso será imposible.

Todo lo que Arístides *tiene* y *es* se lo debe a su padre. La profesión que ha elegido, es la de su padre. Cuando viajó a otro país para estudiar, lo hizo para obtener los estudios que su padre no tenía en su profesión. Para así, por lo menos, compararse al conocimiento de una persona que se desarrolló con dedicación y esfuerzo.

Cuando su padre murió, y sus hermanos no quisieron el negocio del padre, Arístides decidió hacerse cargo del mismo. Así, el negocio que le da comida y techo no es el que construyó con su esfuerzo. Si no el que heredó de su padre y que nadie más quería.

Pero eso no es lo que le dice a la gente. 'Yo sigo la tradición familiar', le proclama a todos los que en algún momento le han tenido que escuchar. Por su falta de capacidad, Arístides está llevando a la quiebra el negocio que su padre construyó. Sin embargo se mantiene por la fama y buen nombre de su padre. Nada le molesta más a Arístides que le digan 'el hijo de Don Rafael'.

La mujer que se convierte en la esposa de Arístides era el reflejo de su madre. Pero la versión mejorada de lo que tenía su padre. Su madre era un bella mujer, pero de origen desgraciado. En el sentido que tenía un gran nombre europeo, de una distinguida familia de la cuidad. Pero cuya familia había perdido su fortuna y posición. En su matrimonio Arístides intentó superar a su padre. Con una mujer tan encantadora como su madre, de exótica belleza y con estudios y profesión que su madre jamás tuvo.

Para el tormento de Arístides la sombra de su padre se extiende más allá de su vida académica, profesional y familiar. Es una sombra que lo angustia y persigue en todo lo que hace.

Cuando llegó el momento de elegir cuál sería la logia en la que se iniciaría, Arístides no eligió la logia a la que su padre perteneció, donde fue Maestro de Logia y de donde todavía se habla positivamente del 'Venerable Hermano Don Rafael'. Su logia tendría que ser la de mayor prestigio en la ciudad por las loables ejecutorias de los 'hermanos de logia' del pasado.

La sombra le asecha.

En su obsesión de salir de la sombra del padre, lo único que ha hecho es llenarse de fango y manchado por siempre el nombre de su padre, la del negocio que heredó y el de la logia que lo acogió. Para poder ascender a los grados más importantes mintió y manipuló a sus 'hermanos de logia' y desertó a su mentor. Para mantenerse en la silla del Maestro de Logia traicionó, vendió y condenó al exilió a su hermano de iniciación. Compró el apoyo de muchos con la promesa de títulos y posiciones. Compró el apoyo de Ex Maestros de Logia mediante juramentos de lealtad, no a la logia, si no a ellos.

La sombra se acrecenta.

Arístides nunca construyó algo en su logia. En el mejor de los casos daba un poco de lo que le sobraba. Tomar una pala o una escoba era demasiado denigrante para su alta alcurnia. Pero se ha jactado de la labor de otros. Mintiendo se ha atribuido la limpieza y construcción a su 'liderato'. Obviando el hecho que él no era el líder... nunca lo fue y nunca lo será.

Todo lo que ha 'construido' ha sido gracias a la iniciativa y esfuerzos de otros. La logia que disfruta es la que otro construyó... que otro restauró... las ideas implementadas son las que otro comenzó... nada es de Arístides... excepto la gloria hurtada a quien él proclamó dictador cuando tomó el trono que otro con más méritos dejó...

Las obras de Arístides se fundamentan en su obsesión por salir de la sombra de un padre. De la cual nunca podrá salir. Porque carece de lo que su padre tenía de sobra... integridad, lealtad y amor por el prójimo.

La Carta

Santiago se revolcaba del coraje en su cómoda silla de fina piel de corderito. Leía y re leía la carta que le habían enviado desde la Muy Respetable e Inmaculada Logia Hijos de la Lucerna del Alba. La Gran Comunicación Anual del Gran Oriente Nacional y Soberano de las Logias Mixtas en Razas y Género del País era en un unos días importantes para él. Esta era la actividad cumbre de las logias de la isla. Un evento anual que se celebraba unos meses antes de las elecciones. En la cual el Muy Respetable Venerabilísimo, Ilustrísimo e Infalible Gran Maestro rendía el informe de lo que había hecho durante el año anterior y buscaba los votos para la reelección. En otros casos los candidatos que deseaban la posición hacían sus respectivas campañas entre los 'hermanos de logia'.

La carta que tenía en sus manos no era la única que expresaba el mismo sentimiento. Había leído otras con algún mensaje parecido. Muchos de los 'hermanos de logia' se estaban excusando de participar en la Gran Comunicación. Las excusas eran variadas, pero todas siempre terminaban evocando a las familias o el trabajo. La realidad era simple los 'hermanos de logia' no estaban inclinados a participar de esa actividad. Para Santiago esto era un gran insulto.

Lo que hacía esta carta diferente fue la candidez con la que expresaba las razones por las que no habría de participar en la Gran Comunicación Anual. Santiago sabía que muchos 'hermanos de logia' opinaban lo mismo. Pero no tenían el valor para expresarlo. Lo que le sorprendió fue de quien era la carta. Arístides era uno de los protegidos de Santiago, siempre lo apoyó y le dio dadivas que le permitió convertirse en el Maestro de su Logia sin verdaderamente merecerlo. '¿Por qué?', se cuestionaba en silencio Santiago al volver a leer la carta.

"Muy Respetable, Venerabilísimo, Ilustrísimo e Infalible Gran Maestro Santiago:

"Reciba usted y todos los miembros de su sequito y oficiales del Gran Oriente Nacional y Soberano de las Logias Mixtas en Razas y Género del País un saludo y abrazo fraternal.

"Le quiero notificar que este año no estaré participando en la Gran Comunicación Anual del Gran Oriente Nacional y Soberano de las Logias Mixtas en Razas y Género del País. Las múltiples actividades de la logia y en el Distrito Sur me han mantenido muy ocupado. Lo cual me deja muy poco, o nada, de tiempo para compartir con mis familiares y amistades.

"Sin embargo, la razón que considero más importante, dilucidada luego de una conversación con Jeremías, es que no me siento cómodo asistiendo a la Gran Comunicación Anual, que sólo sirve para proyectar negatividad a los 'hermanos de logia' que allí pululan. Principalmente por los miembros de su sequito, los oficiales del Gran Oriente Nacional y Soberano, y de hasta usted mismo. Actitudes y acciones que dejan mucho que desear. De lo único que se habla es de dinero y supuestas necesidades. Buscando formas creativas y solapadas de cómo sacar más dinero de las logias y los 'hermanos de logia'.

"La Gran Comunicación Anual esta carente de mensajes positivos o de aprendizaje de logia. Sólo hay discusiones, las cuales proyectan un odio y personalismo entre los miembros del Gran Oriente Nacional y Soberano. Además, existe como una especie de dictadura, donde no se le da paso a la participación de otras personas que no estén en ciega concordancia o mezquina complicidad con el Ilustre Gran Maestro. Es obvio, que donde hay tanta agitación y proyección negativa no puede estar la presencia de los valores de la logia o el propio Gran Dios del Universo.

"Por lo antes expuesto, prefiero pasar la fecha de la Gran Comunicación Anual en mi hogar, sosegado con mis seres queridos. En vez de estar en un lugar donde el 'hermano de logia' sale sin paz o armonía. De donde se emerge sin el entusiasmo de seguir asistiendo a la logia o a las actividades del Distrito Sur, ni con ganas de continuar cooperando con las logias del país."

Todas las pleitesías con que terminaba la carta no aplacaban la ira de Santiago. Cartas como estas eran un reto a su autoridad. Cómo alguien tendría la osadía de acusarlo de ser el líder de un Gran Oriente Nacional y Soberano que propiciaba la desarmonía. Cómo alguien se atrevía a llamar dictadura a su mandato, ordenado por la voluntad del Gran Dios del Universo, evidenciado por el respaldo de una votación en mayoría simple y validada por los decretos de su antecesor.

'¿Acaso se le olvidaba a los 'hermanos de logia' quien era Santiago?' Era el pensamiento recúrrete mientras estrujaba la carta de Arístides con el coraje de la indignación. Él era, no, él es el Muy Respetable Venerabilísimo, Ilustrísimo e Infalible Gran Maestro. Su palabra es ley, él es inviolable... él es infalible. Algo tendría que hacer. Algo, él, iba hacer. Nadie retaba su autoridad y continuaría como miembro de las logias del país.

Levantándose de su cómoda silla de corderito, Santiago destruyó carta. 'ninguna decisión importante se podía tomar en una silla cómoda', se dijo a sí mismo.

-Hermano Salomón, venga a mi despacho.

Santiago le ordenó al mulato secretario del Gran Oriente Nacional y Soberano. En los brevísimos minutos que Santiago esperó un maquiavélico plan comenzó a tramarse en su mente. 'Nadie reta mi autoridad', se decía a sí mismo. En su mente comenzó a recitar una y otra vez, 'destruyamos el árbol cuando aún tiene savia, arranquémoslo de la tierra de los vivos, y que nadie se acuerde más de su nombre'.

-Dígame, Muy Respetable e Ilustre Gran Maestro.

Le interrumpió sus pensamientos el Hermano Salomón en su acostumbrado tono sumiso cuando se dirigía al Muy Respetable e Ilustre Gran Maestro.

-Necesito que se comunique con el Honorabilísimo Hermano Edmundo. Necesito que la Suprema Comisión de Justicia, Fiscalía y Tribunales comience una investigación, realice un proceso penal y expulse a un hermano. Tengo información privilegiada contra un hermano de la obediencia.

El Hermano Salomón tuvo que tragar profundo antes de poder intentar decir algo. Este comando del Muy Respetable e

Ilustre Gran Maestro Santiago era irregular y lleno de veneno. Por su larga experiencia él sabía que tal acción tenía vicios que la hacía impropia. Ante la soberbia mirada de Santiago, el Hermano Salomón dijo nada. Sólo pronunció un 'Como usted diga Muy Respetable e Ilustre Gran Maestro'.

SEBASTIANA

Un Buen Represéntate de Distrito

Un Patán con Titulillo

Sebastiana es un patán. Carece de la finura de una verdadera dama. No posee sabiduría (ni la que la vida le da a los viejos). Ni tiene conocimientos profundos sobre la logia. Su única virtud es ser miembro de la logia por más de 25 años. De hecho, todos los títulos y honores que le han otorgado los tiene, no porque haya trabajado por ellos. Sino porque los 'hermanos de logia' que si los ganaron, ya les fueron otorgados y se vería muy mal si en Comunicación Anual no se le otorgara títulos y honores a algún hermano... por inmerecido que sea.

Inclusive, su actual posición como Diputado Gran Maestro para el Distrito Sur, se la dieron porque nadie más la quería. Lo cual ha creado a un monstruo. Porque ella ha utilizado su posición como instrumento para hacer lo que le dé la gana dentro de la logia. Quién se atreverá a ir en contra de ese patán, si es ella quien controla el acceso al Muy Respetable e Ilustre Gran Maestro Santiago.

El pasatiempo favorito de Sebastiana, en incestuoso concubinato con Ramona, es crear garatas entre los 'hermanos de logia' y entre las logias. Sus ojos brillan cada vez que se pone a contar chismes de otro 'hermano de logia'. Ella resplandece cuando recuerda como, manipulando el sistema, destruyó a algún 'hermano de logia' que no era de su agrado. 'Lo que yo hago es ponerlos bajo investigación y jamás vuelvo a tocar el caso' explicaba cuál era su remedio cuando no podía expulsar a un 'hermano de logia'. 'Quedan en el limbo y quién me va a decir algo', preguntaba retóricamente a un Jeremías que la miraba sorprendido.

Sebastiana es el mejor ejemplo de lo que sucede cuándo se le da poder a un patán. Ella mentía a gusto. Informaba que hacía las investigaciones de los candidatos a la logia, decía que no eran buenos candidatos, pero nunca hizo las investigaciones. 'Ese tipo es un *Dandy*', le confesó a Jeremías de un candidato que ella odió desde la primera vez que lo vio. De quien finalmente dio un reporte negativo, prediciblemente, sin hacer la investigación.

Iniciaba, ascendía en los grados a los 'hermanos de logia' que no tenían las cualidades y cualificaciones necesarias. No importaba si pasaban los exámenes de grado o si tienen el conocimiento de logia para su grado. Como Sebastiana le podía pedir lo que no tenía. Además, era su voluntad,

-¿Quién me va a decir algo?

Hacía uso indebido de los fondos de la logia. Sin consultar gastaba esos fondos en lo que a ella le parecía. Luego sólo informaba del gasto. A pesar que todos en la logia sabían lo que era Sebastiana, siempre quedo impune por ser un Ex Maestro de Logia y Diputado Gran Maestro para el Distrito Sur.

Fue la eliminación de los hermanos que trabajaban por la logia lo que verdaderamente hace de Sebastiana un patán. 'Hermanos de logia' que se unían a ella para producir para la logia, y no para ella, eran un gran peligro para Sebastiana. Ellos eran las personas que podían desenmascararla o peor destronarla. Porque fue la clave de su éxito, de estar tanto tiempo en sus posiciones poder, mantener a personas mediocres como miembros de la logia y los que producían bajo su mando.

Para Sebastiana la logia a la que pertenecía era en efecto 'su logia'. Cualquiera que tratara de asumir el mando seria destruido.

Es claro que se tendría que comprender a Sebastiana, ella nunca logró algo de importancia en su vida. Fuera de la logia ella tenía nada. En su avanzada edad lo único que le queda era tomar alcohol, ver televisión y esperar la muerte. Pero en lo que moría, cuánto daño le causa a la logia y a los 'hermanos de logia'.

¿Qué se puede esperar de un patán con título?

La Obsesión

Sebastiana tiene una obsesión. Ésta ha moldeado su vida y dominado sus pensamientos por los pasados 5 años. En la persecución de esa obsesión, ella ha violentado casi todos sus escasos principios, y los de la fraternidad.

Esta obsesión comenzó cuando redescubre la religión y a Cristo (en ese orden de importancia). Luego de una vida profana y licenciosa, es decir después que se cansó de fornicar y embriagarse todo lo que pudo, buscó de la religión de sus padres y su comunidad. Convirtiéndose en un paladín del cristianismo. Al punto de afirmar que 'toda persona que no sea cristiano no es un persona buena'.

Durante sus años de lujuria y excesos se inició en una logia. Estaba fuera de la isla sirviendo en las fuerzas armadas. Ser 'hermano de logia' era lo que estaba en boga en ese momento entre los militares. Principalmente por los beneficios que rendía ser miembro de una logia. En esta se podía tener acceso a los oficiales que los comandaban... y podían pedirle favores. Sebastiana se acostumbró a los beneficios de la logia.

No debe sorprender que cuando regresó a la isla, luego de establecerse en una vega apartada, se incorporó a los trabajos de la logia local. Pero no a cualquier logia. Ella buscó la logia más prestigiosa, porque alguien de su calaña no podía estar en cualquier logia. Ella sólo estaría en la 'mejor', en la Muy Respetable e Inmaculada Logia Hijos de la Lucerna del Alba.

Originalmente no le fue fácil lograr acceso a esa logia. Algunos 'hermanos de logia' especularon que era la fuente de su más dura amargura el rechazo por sus 'hermanos de logia'.

Juan Leonardo de la Torre sabía quién era Sebastiana. Sabía todo lo que había hecho antes de ser 'hermano de logia'. De las barras y prostíbulos, de la corva que tenía en su cintura presta a ser utiliza a la menor provocación. Pero más importante él sabía que ella no había cambiado.

Así que el hermano Juan Leonardo hizo todo lo posible para que ella no se afiliara a la logia. Cuando fracasó en tal noble encomienda (se necesitaban las cuotas que ella pagaría), hizo todo lo posible para que ella no fuera el Maestro de Logia.

También fracaso. Porque uno de los últimos verdades 'hermanos de logia' le recordó del poder del perdón y arrepentimiento. Lo que ese último verdadero 'hermano de logia' no consideró, es que Sebastiana nunca pidió perdón y nunca se arrepintió de sus acciones.

La compasión ante el mal lo único que logra es otorgarle la victoria. Al final el hermano Juan Leonardo de la Torre terminó en el exilio y el último verdadero 'hermano de logia' había muerto. Nadie le era la competencia a Sebastiana.

A Sebastiana le tomó casi 10 años, pero luego de cientos de artimañas, agendas escondidas y promesas quebrantadas logró apoderarse de la logia. Dejándola únicamente con los recuerdos de las glorias del pasado. Porque bajo su manipulación el logia nunca progresó.

Es durante estos años de decadencia que se inicia en la Muy Respetable e Inmaculada Logia Hijos de la Lucerna del Alba quien se convertiría en la obsesión de Sebastiana. Un futuro hermano que quebrantaba todos los alcaicos esquemas mentales a los que ella se aferraba. Desde su forma de vestir y hablar, hasta sus ideas políticas y sociales. Pero el principal pecado de su obsesión era que éste abiertamente no aceptaba a *Cristo como su Señor y Salvador.*

Un pecado imperdonable por lo cual era el sagrado deber de Sebastiana lograr que su obsesión fuera expulsado de la logia lo antes posible.

La Obsesión Continua

'Pero es que tu no entiendes, he descubierto a Cristo, y su presencia es una afrenta a Cristo', decía Sebastiana a quien eventualmente seria el Muy Respetable e Ilustre Gran Maestro Santiago. La frustración ante la negativa de expulsar a su obsesión de la fraternidad era tal que casi no podía contener sus lágrimas. Santiago había determinado que no creer en Cristo no era razón suficiente como para expulsarlo. Más aun dictaminó que sus creencias religiosas en nada *confligian* con las ideas de la fraternidad.

Esto frustró sobre manera a Sebastiana, ya que los primeros intentos de expulsión fue la demonización de las creencias religiosas de su obsesión. Ella consiguió a *pseudo* expertos (por no decir místicos psicóticos) como Aloysia, y a viejas frígidas que escribieron sus fantasías en libros de las Sectas que nos Invaden, para poder justificar su persecución.

Cuando el discrimen por razones religiosas se intensificó a tal grado que su obsesión solicitó transferirse a la Respetable Logia Jerusalén, Sebastiana aprovechó su temporera ausencia de la isla para ponerlo bajo investigación. Pero muy hábilmente no lo hizo ella, Sebastiana instigó a que otros lo hicieran.

Lo que se debe destacar es que cuando Jeremías regresó de su viaje, con plena intensión de enfrentar a sus acusadores,

Sebastiana se escondió y dijo nada. Como el buen cobarde que es, usó a su familia como excusa para no enfrentarse a Jeremías.

El próximo intento también le fue frustrado. Jeremías se había logrado transferir y llevar una carrera feliz y exitosa en su nueva logia. Como hijo prodigo (además porque los miembros de su logia eran muy perezosos para hacerlo) fue invitado por el Maestro de Logia David a dar una charla. Esto enfureció sobre manera a Sebastiana.

Especialmente cuando la conferencia incluía un análisis *intrarreligioso* de creencias no cristianas. Eso fue una afrenta contra las logias del país, que no podía permitirse. 'Que osadía esa de traer esos libros tan peligrosos que pueden confundir', Arístides protestaba mientras inspeccionaba los libros sagrados de otras religiones. Más para complacer a Sebastiana que otra cosa. Arístides era muy ignorante como para poder evaluarlos efectivamente.

En ese momento Sebastiana llamó al Muy Respetable, Venerable e Inviolable Maestro de su logia. Increpándolo por su decisión de permitir tal conferencia. Exigiendo que Jeremías fuera puesto bajo proceso disciplinario por hablar de otras religiones en su logia.

Ese día Sebastiana declaró a otro enemigo.

El Venerable Hermano David se negó a poner a Jeremías bajo proceso disciplinario, correctamente indicando que él no era miembro de esa logia. En ese momento Sebastiana intentó coaccionar al Venerable Hermano David. Utilizando el brazo más largo del poder que le habían prestado como Diputado Gran Maestro para el Distrito Sur, intentó corromper el proceso para adelantar el asunto.

'Los brazos se cortan', le contestó el Venerable Hermano David. Quien había sido oficial de infantería y no se iba a dejar amedrentar por una vieja chismosa. El asunto no se volvió a tocar en esa logia... mientras David fue su Maestro.

El tercer intento de Sebastiana de expulsar a su obsesión fue utilizar a un morón. Siguiendo su *modus operandi* ella continúa utilizando a otros para que hagan el trabajo sucio por ella.

Aprovechando la animosidad entre su obsesión y el Maestro de Logia Miguel, mal aconsejó a este último. Obrando como lo hizo Ulises, Diomedes y Guido da Montefeltro, manipuló para que el Maestro de Logia Miguel pusiera a Jeremías bajo proceso disciplinario. Por frivolidades que en cualquier otro contexto pasarían desapercibidas.

Le recomendó utilizar su poder como Maestro de Logia al punto del abuso. Le inculcó mancillar y tildar los procesos a su favor. Además de darle recomendaciones de cómo adulterar los procedimientos y poder salirse con la suya.

Lamentablemente para Sebastiana el Maestro de Logia Miguel es demasiado incompetente como para poder llevar un proceso disciplinario de manera incorrecta. Más, cuando para poder hacerlo, se requeriría de una persona con una mentalidad de un corrupto experimentado y exitoso para poder manipular un sistema diseñado para proteger a los hermanos de los abusos de poder.

Sebastiana ha vuelto a fracasar... el dolor de ver a su obsesión con pleno uso de sus derechos de logias era algo que la consumía y la hacía más que infeliz.

Infelicidad

Ser la obsesión de Sebastiana es el mayor alago que cualquier ser humano pueda recibir. Esto significa que constantemente ella está pensando en esa persona. Su imagen la plaga y la atormenta al punto de que esa obsesión la hace infeliz.

Sebastiana no conoce otra alternativa. Esa es su forma de ser. Cuando se evalúa quiénes son sus amistades más cercanas, se le puede entender. Un viejo que sufre de cáncer, quien siempre está en dolor y expresando una visión pesimista de la vida; un viejo caduco, alcohólico y que se dedica a crear garatas; un fracasado que vive a la sombra de lo que fue su padre... verdaderamente no tiene amistades que sean felices.

Sebastiana no sabe lo que es la felicidad. Reciente a todos los que cree son más felices que ella.

Muchos le dicen a Sebastiana 'cara de perro'. Nunca a su cara, nadie le quiere dar la dignidad de un insulto. Prefieren burlase de ella a sus espaldas. Mofándose de lo que no es, y jamás podrá ser.

Patético es cuando dice que por tener a Cristo en su corazón es feliz. Esa 'cara de perro' demuestra lo contrario. Demuestra su infelicidad... su amargura. La amargura de un militar 'dejado ir' de la milicia; de la mujer que no tiene a su lado al esposo de sus sueños; de una persona que no ha logrado terminar un doctorado; que, aunque sin méritos, le han regalado títulos, sin embargo, aún no ha sido presentada con los honores más altos de la logia... la infelicidad de una persona que en el silencio de su alma esta en desesperación por no haber logrado las metas más importantes de su vida.

Ella misma ha declarado cuál será su futuro. Aunque logre expulsar a Jeremías de la logia, nunca logrará ser feliz... porque encontrará otra obsesión a quien perseguir. Luego a otra... y a otra... hasta el fin de sus días cuando su triste vida, por fin, termine... y en la soledad de la tumba continúe sufriendo...

ALÍ

Al Haram

o

El Indeseado

Intolerancia Capitular

La intolerancia de los 'hermanos' de la Muy Respetable e Inmaculada Logia Hijos de la Lucerna del Alba no conoce límites. Durante la pasada temporada de Ramadán, Alí ibn Mahdi fue a la reunión de su *Madre Logia* vestido con la indumentaria tradicional musulmana. Acaba de salir de la mezquita y decidió ir directo a la logia sin cambiarse a los atuendos aprobados por el mundo occidental cristiano. En ese momento Alí consideró que una organización no sectaria, que se jacta de su inclusión y respeto a la diversidad de pensamiento y creencias religiosas, respetaría las prácticas de su religión.

Siempre se puede contar con 'hermanos de logia' como Arístides, Ramona y Sebastiana para destruir todo aquello que es bueno y justo en las logias del país. De las actitudes de esos hermanos, parecería que todo aquel que no sea cristiano tiene que esconder sus creencias y prácticas religiosas.

Según Sebastiana todo el que no sea cristiano tiene que ser 'satánico'. Por lo menos, le debería alegrar a Alí, que Ramona no llamó al Sagrado Corán un libro satánico. Sólo dijo, con su acostumbrado desprecio por todo lo que no es cristiano, 'el libro ese de los talibanes'.

Dentro de la supuesta fraternidad, lo peor para Alí fue el desdén y las burlas a sus creencias y prácticas religiosas. El Muy Respetable, Venerable e Inviolable Maestro Arístides abrió la puerta para que los demás 'hermanos de logia' se burlaran de la vestimenta tradicional de Alí. Por eso hacían preguntas en mofa como 'de que estas disfrazado' o 'estas practicando kung fu'.

Claro, Alí no se inmutó, siempre (pero muy especial durante Ramadán) tenía que practicar *ihram*. Ese estado de paz que se necesita para poder estar en comunión con Alá, alabanzas a su nombre. Alí tenía que tolerar a los intolerantes. Tenía que demostrar paciencia con los que no tienen paciencia. Tal vez Alí no será un sagrado mártir, pero tendría que tolerar como si fuera uno.

Por lo menos aprendió, y estaba advertido. Pensó que cuando utilizara el *ikar* no visitaría a la Muy Respetable e Inmaculada Logia Hijos de la Lucerna del Alba. Esos ignorantes 'hermanos de logia', dirían ahora que Alí era un *travesti*.

'Mis creencias religiosas son más importantes que el sectarismo de esos 'hermanos de logia', se dijo a si mismo cuando salió de la Muy Respetable e Inmaculada Logia Hijos de la Lucerna del Alba.

A pesar de todo Alí reía. Pensando cuál sería la reacción de sus 'hermanos' si lo vieran hacer las oraciones en árabe vestido con un *Jubba*. Estaba seguro que Sebastiana diría que estaba realizando un ritual satánico, con una bata satánica, hablando en lenguas que sólo un satánico podría decir. Mientras que Arístides llamaría a Aloysia para que los 'iluminara' con su vasto conocimiento esotérico de las prácticas musulmanes. Por su parte Ramona sólo diría que Alí estaba hablando en código para que los terroristas talibanes hicieran de las suyas.

Al final del día, esa es la ignorancia e intolerancia que Arístides, Ramona y Sebastiana, y su camada de acólitos de la Muy Respetable e Inmaculada Logia Hijos de la Lucerna del Alba, tanto adoran.

Razas

La logia se había convertido en una institución eminentemente racista. Tal vez siempre lo fue. Por lo menos la logia siempre se fundamentó en la discriminación del que no era igual a ellos.

En el principio era la organización que agrupaba a los pobres trabajadores explotados por la iglesia y la nobleza. Luego los aristócratas la usurparon para convertirla en un centro de reunión para los privilegiados. Los intelectuales se aprovecharon de esto para discutir y esparcir sus ideas. En los Estados Unidos los blancos tomaron control de la logia y excluyeron a los africanos, quienes eventualmente organizarían su propia logia (la cual excluiría a los blanquitos). En Latinoamérica los ricos burgueses y neo aristócratas la tomaron para tener sus clubs exclusivos. Así que no ha de sorprender que en la isla haya sucedido lo mismo.

La permutación, del fenómeno de segregación, en la isla se manifestó en el racismo. Tal vez no por culpa de la institución como tal, ella lo único que dio fue el mecanismo para exponer la realidad humana, sino como un reflejo de lo que son los valores de la sociedad.

En la isla, ha mediado de los 1800, la mitad de la población era africana, una cuarta parte mestizos o mulatos y el restante blanco criollo o europeo. Sin embargo en la actualidad más de tres cuartas partes de la población reclaman ser blanco. Los habitantes de la isla niegan su negritud.

Las logias de la isla son tan sólo un reflejo de la sociedad que se ha generado.

En las logias muchas veces se escuchó la broma, sobre Nicolás, el único negro en ser Muy Respetable e Ilustre Gran Maestro. Se decía, que él 'había sido indicado en la logia y el único que llegó a ser Gran Maestro con dos bolas negras'.

Claro, los apologistas daban como evidencia al Muy Respetable e Ilustre Hermano Nicolás. Esta era la evidencia que no había racismo en las logias de la isla. Que más prueba se necesitaba que la elección de un negro a la Gran Maestría... sin tomar en cuenta que en sus más de 200 años desde fundada, las logias sólo han elegido una vez a un negro a la posición más importante.

De igual forma en las logias de la isla el poder llegar a ser Maestro de Logia era influenciado por el color de la piel... además del dinero y de cuanto se adulara a los 'dueños de la logia'.

Alí llevaba una década desde que lo habían ascendido al Sublimizo y más que Bien Ponderado Tercer Grado de Logia en la Respetable e Inmaculada Logia Hijos de la Lucerna del Alba. Había trabajado en la logia, pero nunca se le permitió ostentar ningún puesto de importancia. 'Un negro sólo era bueno para limpiar la logia', en voz baja y al odio repetía Ramona y

Sebastiana a los blanquitos 'hermanos de logia' que eran de su confianza.

-Esta es la caldera en la que el verdadero 'hermano de logia' labora.

Sebastiana le decía a Alí constantemente, para reforzar su estatus servil en la logia. Luego comenzaba a remembrar las mentiras y leyendas que se inventaron para justificar el trato a un negro. Comenzando con las fantasías psicóticas de Aloysia, de que el negro era así porque en la Lemuria habían practicado la magia negra y los poderes del karma los estaba castigando. A las leyendas fundaméntales de la logia que decía que en la antigüedad el 'hermano de logia' tenía que trabajar duro en su taller, especialmente si era negro. Le decía de largos años en servidumbre antes de que este pudiera ser un verdadero 'hermano de logia'.

Sin embargo Sebastiana nunca hizo el trabajo que le exigía del negro de la logia, ni a los blanquitos. Muchas veces Sebastiana, Ramona y Arístides se sentaban con cervezas en mano a admirar el buen trabajo que Alí realizaba en la limpieza del taller.

Ellos estaban complacidos con la homeostasis que habían establecido en la logia. El negro trabaja para que el blanco pudiera descansar y filosofar de cosas inservibles.

Fue cuando esta homeostasis se vio amenazada que la Respetable e Inmaculada Logia Hijos de la Lucerna del Alba elevó el racismo de la isla a un nuevo nivel. En los 'pasos perdidos' el Muy Respetable, Venerable e Inviolable Maestro David mencionó a Alí como posible candidato para asumir el Trono de la Logia. La comedida histeria de Sebastián y Ramona no se dio a esperar. 'Tenemos que hacer algo', le dijo de manera muy sombría Sebastiana a Ramona. Tenían que poner en el Trono de la Logia a un blanquito de su elección. Quien hiciera lo que ellas querían y mantuviera la homeostasis por la cual ellas continuamente trabajaban por mantener...

Ya habían dejado que un blanquito, que no fue de su elección, ser Muy Respetable, Venerable e Inviolable Maestro de la logia. No lo podían manipular y estaban pagando las consecuencias. Ahora no permitirían que pasara lo mismo y menos con un negro. En qué mundo se le permite a un negro comandar a un blanco.

-Arístides, debes ser el próximo Maestro de Logia.

-Usted cree, ¿qué estoy preparado?

-El Trono de la Logia te llama, estas siendo llamado a la posición más importante del taller.

La realidad era que Arístides no estaba preparado para la posición. Pero más importante no cumplía con los requisitos necesarios del Gran Oriente Nacional y Soberano para dirigir una logia. Eso no importaba, 'tenemos que hacer algo', decía Ramona. 'Haremos lo que sea necesario', le respondía Sebastiana. Siguiendo sus consejos, Arístides llamó, mintió, pidió y el Muy

Respetable e Ilustre Gran Maestro Santiago, le otorgó la dispensa para ser el próximo Muy Respetable, Venerable e Inviolable Maestro de la Respetable e Inmaculada Logia Hijos de la Lucerna del Alba.

El día de la elección el Maestro de Logia David abrió el piso para que se hicieran las nominaciones de los candidatos. De inmediato Ramona tomó el uso de la palabra:

- Muy Respetable, Venerable e Inviolable Maestro, nomino al hermano Arístides para dirigir los destinos de esta logia para el próximo año fraternal.

Muy serio el Maestro de Logia David miró a Arístides, quien no esperó que le dieran permiso para aceptar la nominación.

-Será un honor servir a este taller, acepto la nominación.

- Muy Respetable, Venerable e Inviolable Maestro, propongo que se cierren las nominaciones.

Intervino Sebastiana sin pedir permiso para hablar. El Venerable Hermano David no sabía lo que Arístides, Ramona y Sebastiana habían planificado. Sin embargo, esta logia estaba bajo su comando, él no permitiría que civiles le gobernaran. Dando un *malletazo* en el Trono de la Logia y en el tono de un oficial de infantería,

-Hermana Sebastiana, usted está fuera de orden. ¿Alguna otra nominación?

Tímidamente uno de los hermanos, de los que no estaban alineados con los 'dueños de la logia', nominó a Alí. Quien aceptó la nominación y luego de los reglamentarios Tres Llamados se cerró la nominación. Pasando a los discursos de *en favor* y *en contra* de los candidatos. Se habló de virtudes y cualificaciones, de quien merecía *ser* y de quien podía *ser*, hasta que se llegó al asunto de razas.

En un raro momento de sinceridad el Ex Maestro de Logia Roberto vociferó una razón: que Alí había sido mantenido fuera del Trono de la Logia por los pasados 10 años por ser negro.

En un instante que parecería una gran sátira, Arístides le recordó a los hermanos como, en un lejano pasado, negros fueron Maestros de esa logia. Según él dos negros se habían sentado en el Trono de la Logia en sus más que míticos 200 años de historia. Además de mencionar de cómo la logia había practicado la caridad con los pobres negros y los negros pobres de la cuidad.

Obviamente Arístides obvió el hecho que habían pasado más de 10 años desde que se le ha permitido a un negro unirse a la Respetable e Inmaculada Logia Hijos de la Lucerna del Alba y más 60 años desde que un negro había sido Maestro de Logia.

También obvió que la calidad y compromiso con los ideales de la logia de los hermanos de aquella época era muy superior a los 'hermanos de logia' que hoy día han secuestrado la esa logia. El final de la noche era predecible. Alí perdió la votación, y otra vez le fue negada la oportunidad de dirigir su *Logia Madre*. Arístides era un hombre blanco de ojos claros, con un buen linaje y la mitad de un nombre distinguido. Hasta tenía el falso acento de una persona de la *Madre Patria*.

Alí nunca tuvo oportunidad alguna de ser elegido al Trono de la Logia de la Respetable e Inmaculada Logia Hijos de la Lucerna del Alba.

Un Juramento Negado

Hoy era un día de gloria para Alí ibn Mahdi y para la logia. Por primera vez en la historia de las logias del país un musulmán seria juramentado como Maestro de Logia. Y era la Respetable Logia Jerusalén, siempre en la vanguardia de las logias de la isla, la que lo había elegido para tal honrosa posición.

Por suponer que era su derecho, según lo explicado en las obras de un 'hermano de logia' del siglo 19, medio místico y psicótico, Alí pidió hacer su juramento en el libro de su fe, el Sagrado Corán. Por tener una visión de avanzada el asunto se hubiera resuelto en la Respetable Logia Jerusalén. Todos los preparativos se habrían hecho para acomodar la petición de su nuevo Maestro de Logia.

-No hay problema con eso.

Dijo de manera muy decidía Cesar. Una de las principales voces en la Respetable Logia Jerusalén. Quien había sido responsable del crecimiento y renacimiento de esa logia.

Sin embargo, siempre hay quien sólo desea hacer daño. Miguel sentía gran antipatía contra Cesar y resentía que Alí fuera el próximo Maestro de Logia. Miguel codiciaba el Trono de la Logia y no fue elegido para un nuevo termino. Como nenita chismosa fue con la queja a los 'dueños' de la Muy Respetable e Inmaculada Logia Hijos de la Lucerna del Alba... Arístides, Ramona y Sebastiana.

Realmente a Miguel no le interesaba en que libro se hiciera el juramento. Secretamente era un ateo y un irreligioso. Pero por obtener el título de Ex Maestro de Logia (y todos los poderes y privilegios que eso confería) había simulado ser un devoto creyente en algún dios y un dedicado miembro de alguna iglesia. Sólo tendría que hacerlo una vez más.

-Van a usar un libro raro ahí... no es la biblia.

Dijo en voz muy bajita a Arístides, Ramona y Sebastiana en la reunión del Capítulo Sur de los Grados Superiores. Este lugar se había convertido en un centro de pestilencia para todas las logias del país. Los Grados Superiores debían ser el lugar donde se explorara y practicara los aspectos más filosóficos y espirituales de los dogmas enseñados en las logias. Sin embargo, en la actualidad, era el lugar donde las maquinaciones de mezquinos personajes se cuajaban para hacerle daño a otros 'hermanos de logia'.

Así que en la próxima reunión del Capitulo Norte de los Grados Superiores Arístides, Ramona y Sebastiana comunicaron tal vil acto de los rebeldes hermanos de la Respetable Logia Jerusalén. El Muy Respetable e Ilustre Gran Maestro Santiago escuchó atentamente al grupo de hermanos que habían contribuido significativamente a su campaña electorera a la reelección (o por lo menos esa era la nueva ficción).

-No adoraras a falsos profetas.

Comenzó Arístides.

-Ni a falsas religiones.

Añadió Sebastiana.

-Todos sabemos que los mahometanos son una religión de terroristas.

Concluyó Ramona.

El Muy Respetable e Ilustre Gran Maestro Santiago le dio su palabra de que haría algo al respecto. Así, que con el fin deseado, y con un comando explícito de cuál debía ser la conclusión, se le consultó el asunto al Muy Digno Hermano Pablo, el Supremo Educador General. 'En este país el libro sagrado de las logias es la biblia', concluyó en alguna conversación casual el Muy Digno Hermano Pablo. Hasta hizo una larga y repetitiva argumentación en la Gaceta Semanal del 'por qué' los miembros de las logias debían ser cristianos o por lo menos aceptar la biblia cristiana como el más excelso libro de la ley sagrada (mientras fueran miembros de la fraternidad).

Por lo cual todos los juramentos tendrían que ser en ese libro de la ley sagrada y el Altar Sagrado de cada logia sólo podría ser adornado por la biblia.

Para consolidar esa posición Santiago presentó en forma de incuestionable decreto partes de la argumentación del Muy Digno Hermano Pablo:

"Es correcto el mantener solamente la Biblia como única Luz de la Logia. Mi opinión en este asunto es que de acuerdo a nuestras leyes sólo la Biblia es el único libro que puede estar presente en las logias del país. Atendiendo a su solicitud sobre los libros de otras religiones en las logias del país, La Constitución y el Código Administrativo, Criminal y Civil son claros.

"Además las liturgias del Primer, Segundo, Tercer, Cuarto, etc., Grados, las cuales han sido aprobadas por el Gran Oriente Nacional y Soberano, nos dicen claramente cómo se pone la Biblia en el Altar Sagrado, tanto en reuniones regulares como en las ceremonias públicas. Añadir otros libros no está contemplado en ningún documento oficial del Gran Oriente Nacional y Soberano de las Logias Mixtas en Razas y Género del País. Hacer lo contrario es ir en contra de los reglamentos y de los juramentos que hemos hecho frente a esa Gran Luz de la Logia.

"Me despido hasta la próxima no sin antes recalcarle que estamos siempre a su disposición para compartir, en la medida de mis posibilidades, la luz de los dogmas de la logia."

Los hermanos de la Respetable Logia Jerusalén estaban horrorizados. Cesar no estaba de acuerdo con ese análisis. Él era un cristiano práctico que aplicaba el amor, la compasión y el perdón predicado por el profeta que había aceptado para llevarlo a la salvación de su alma. Cesar hacía lo posible por vivir la fraternidad como se la habían enseñado, la del amor fraternal. Por eso declaró con extrema decisión, 'las logias son autónomas'. Y le ordenó al Maestro de Ceremonias realizar los preparativos de la instalación. Se cambió la fecha de instalación y hasta se le 'retiro' la invitación que se le había hecho a los miembros del Gran Oriente Nacional y Soberano.

Para aplacar las voces disidentes Cesar sugirió enérgicamente que en el Altar Sagrado la Biblia Cristiana seria la que estaría abierta. Pero que al momento de tomar el juramento de instalación, se le presentaría a Alí el Sagrado Corán. Algunos de los hermanos de logia, los más cándidos e irreverentes, llamaron a esto el 'Plan Corán'.

Alí estaba muy agradecido de los esfuerzos de sus hermanos de logia en honrar la religión que había elegido para lograr la comunión con dios y guía de una vida recta y moral. Todos en la Respetable Logia Jerusalén quedaron contentos... excepto Miguel. Quien, como la niña chismosa que era, fue a la Muy Respetable e Inmaculada Logia Hijos de la Lucerna del Alba para informar de la desobediencia a las órdenes del Muy Respetable e Ilustre Gran Maestro Santiago.

El día de la instalación, a todos los hermanos de la Respetable Logia Jerusalén le sorprendió la visita de Arístides, Ramona y Sebastiana (y la horda de hermanos invasores de la

Muy Respetable e Inmaculada Logia Hijos de la Lucerna del Alba). Más le sorprendió que Sebastiana en su rol de Diputado Gran Maestro para el Distrito Sur, trajera una carta ordenando que sería ella quien dirigiría la instalación de los oficiales y dignatarios de la Respetable Logia Jerusalén. Todos fueron sorprendidos, menos Miguel.

-El Muy Respetable e Ilustre Gran Maestro Santiago me ha conferido el honor de dirigir los trabajos de esta noche.

Según se acomodaba, sin invitación alguna, en el Trono de la Logia, proclamó a los hermanos de la Respetable Logia Jerusalén. Mientras tomaba autocráticamente el mallete, símbolo del poder y autoridad del Maestro de Logia. La ceremonia comenzó de la manera acostumbrada. La venganza de Miguel, las maquinaciones de Arístides, Ramona y Sebastiana llegaron a su clímax cuando llevaron a Alí ante el Altar Sagrado para juramentarlo como el próximo Maestro de Logia.

Como Sebastiana no había hecho comentario alguno, todos en la Respetable Logia Jerusalén creían que el 'Plan Corán' se realizaría. Sin embargo, un cambio de último momento, les debió dar algún indicio a los ingenuos hermanos de esta logia. El incompetente Lizardo (uno de los lacayos de Miguel) serviría de Maestro de Ceremonias.

Él nunca le presentó el Sagrado Corán a Alí para que hiciera su juramento. Sólo señaló a la Biblia Cristiana en el Altar Sagrado para que éste completara la ceremonia. En ese momento triunfal, Arístides, Ramona y Sebastiana (y hasta Miguel) sonrieron. Le habían ganado al que fue un miembro de la Muy Respetable e Inmaculada Logia Hijos de la Lucerna del Alba. Lograrían que, aunque fuera simbólicamente, ante los demás hermanos de logia, se sometiera a la superioridad de la cristiandad.

Alí ibn Mahdi se mantuvo taciturno. Levantó lentamente su mano derecha para realizar 'el signo conocido por los hermanos de logia'. El cual parecía más un saludo nazi que otra cosa. Pero no se detuvo dónde debía. Levanto su mano izquierda hasta tener ambas manos a la altura de sus orejas, miró al cielo, y dijo de forma clara, enunciando cada silaba para que todos escucharan...

-*Allahu Akbar*. No hay más dios que Alá y Mahoma su profeta...

ALOYSIA

Un Buen Servidor a la Logia

Jeremías Martell

Lobo en Piel de Cordero

Aloysia... su sed de reconocimiento es insaciable. Es una necesidad psicótica que la aflige y la obsesiona. Sin el reconocimiento y adulación de otros, se siente vacía y sin sentido de vida.

Aloysia se inició como 'hermano de logia' un par de años después que Jeremías. Ella logró su iniciación en otra logia. Algo que es común y normalmente pasaría por desapercibido. Excepto que Jeremías conocía a Aloysia de la Orden de la R.R. y la C.D. Llevaban años como 'frater' y 'soror' de la misma logia de la Orden. Lo significativo de la relación era que Jeremías sabía mucha información de Aloysia. De su desempeño y lo más importante, su fama dentro de la Orden.

Cuando Jaime, el Gran Maestro de la Orden de la R.R. y la C.D. en la isla, se enteró que ella se uniría a la logia local, le recomendó al Maestro de Logia 'cautela con ella'. Aloysia venia de una logia en EE.UU., con grados otorgados (y con fama que únicamente se transmita de Maestro de Logia a Maestro de Logia). Jaime le comunicó al Maestro de Logia José, 'Aloysia no es de fiar, no le des demasiada confianza'.

Tal vez por la propia desconfianza hacia Jaime (sus políticas administrativas no eran populares) no se hizo caso a sus recomendaciones. Se le permitió a Aloysia integrarse a los trabajos de la logia de la Orden como a cualquier otra *soror*.

Durante el breve tiempo que Aloysia trabajó en la logia fue un magnifico recurso. Ella no se cansaba de proclamar, 'Yo vengo a servir'. Esa era su gran mentira. No porque ella había llegado con las intenciones de engañar. Ya que sólo permitió que se interpretaran sus palabras de la forma que los miembros de la logia quisieran.

En su error, no se dieron cuenta que en su retórica de *rectitud* y *servicio* se escondía quien era a la persona que Aloysia quiera 'servir'. A ella misma. De inmediato comenzó a contribuir con la logia en las tareas que le dieran la mayor exposición. Constantemente dijo al Maestro de Logia José, 'yo vengo a ayudar'. Siempre y cuando no fuera barrer o trapear, hubiera completado la frase.

Siempre que había un llamado para limpiar el edificio, ella tenía algún compromiso con la familia que no le permitía estar allí. Así su participación en la logia se limitó a las charlas que Aloysia 'escribía' y dictaba. Las cuales no estaban fundamentaba en los textos de la Orden, sino en los textos de otra orden (a la que ella pertenecía) y sin mencionar sus delirios psicóticos. Orden para la cual ella quería reclutar a los miembros más jóvenes de la logia de la Orden de la R.R. y la C.D.

Aloysia había sido miembro de varias órdenes esotéricas. Incluyendo las más negras que podían existir. Ella había practicado la magia negra, la necromancia, demonología y hasta el satanismo. Aunque, ella seguía con sus prácticas del Sendero de la Izquierda, le hacía creer a todos los que estaban a su alrededor que se había reformado. Una gran mentira.

Para reformar su imagen, además de cambiar su nombre a algo más rimbombante y mudarse de EE.UU. a la isla, se involucró con los Hermanos de la Luz. Una organización parecida a la logia, pero no tan conocida y con mucho menos prestigio. Este sería el lugar perfecto para decir que ya no era lo que algunos sabían lo que ella verdaderamente era.

Mientras hacía esto descubrió a un nuevo gurú. De esos que hablan de cosas del misticismo oriental. Aloysia hablaba constantemente de su 'Maestra' Paola. Una persona que practica una combinación de Teosofía, el Cuarto Camino de *Gurshieff*, la Orden de Melquisedec... y otras cuantas cosas más que se enmarcan en un lenguaje del budismo e hinduismo. Además la 'Maestra' Paola instruía a Aloysia y a su esposo, y a otros ingenuos, en la alquimia sexual y el sexo tántrico. Esto fue el principio del fin de la relación con su 'Maestra'. Todo terminó en desastre cuando Aloysia entró en relaciones sexuales con su esposo y otro 'iniciado' de su 'Maestra'... Rosalía.

Aloysia en algún momento practicó artes marciales. Empezó por practicar karate y logró el codiciado cinturón negro del *Karate Shotokan*. Pero fue expulsada de ese sistema de artes marciales. El Gran Maestro le advirtió que si continuaba entrelazando teorías ocultistas con el *Karate Shotokan* sería expulsada. Aloysia pensó que era demasiado importante para ser expulsada.

Cuan equivocada estaba. Ella fue expulsada del *Shotokan Karate* y su cinturón negro revocado. Todo por no seguir los estándares de su sistema de artes marciales y los comandos de su Gran Maestro. Así que ella buscó otro Gran Maestro, esta vez de *Karate Kempo* (uno lejos de la isla, quien era buscado en varios lugares por ser un estafador).

Rosalía en algún momento quiso ser un artista marcial y buscó la instrucción de Aloysia. Utilizando esa relación de poder, entre un instructor y su estudiante, Aloysia manipuló a Rosalía a aceptar a su 'Maestra' como gurú.

Las manipulaciones de Aloysia logran más. Invocando su autoridad como maestra de artes marciales coaccionó a Rosalía a que hiciera lo que su 'Maestra' les había recomendado. Ella les había dicho que 'como parte del proceso de liberación del alma... tenían que entrar en un abandono total de la carne para poder entender el espíritu'. Tomando eso como *pie forzado* Aloysia le dijo a Rosalía,

-Tú no sabes lo que es ser amada hasta que te haya amado una mujer.

El fin de una relación se acercaba.

El abuso de poder se desbordó a otras áreas. Aloysia regresó a la isla en plena desgracia económica. Había sido despedida de su empleo. Las razones para su despido fueron tan serias que ninguna agencia gubernamental o ente que contratara con el gobierno, le podía dar empleo. Ese es el precio que se paga por la traición.

Luego de una visita de su 'Maestra' Paola, quien se horrorizó por la decadencia en que vivía, Aloysia tuvo que pedirle dinero a sus padres para regresar a la isla. En su desgracia, Aloysia regresa con su esposo e hijo a vivir con sus padres. Al no poder ser empleada, decide ir a la universidad para convertirse en maestro de matemáticas a nivel elemental (fuente de engaño porque le dice a todos que es un 'matemático').

La mediocridad de Aloysia es tal, que sólo logró entrar a la universidad gracias a la influencia de su madre, y a los favores que tuvo que otorgar a sus compañeros de trabajo.

La influencia de Aloysia sobre Rosalía se materializaba en muchos beneficios. 'Debes ayudar a tu maestro de artes marciales', le decía como antesala a pedirle algún favor que sería muy onerosa para Rosalía. Ese favor generalmente implicaba dinero o que la llevara a algún lugar. Ya que ni auto tenía.

Si Aloysia pudo terminar su universidad fue gracias a Rosalía, pero de eso ella no habla.

Hasta en el aspecto espiritual Aloysia fue una sanguijuela. Luego de leer un ritual de magia negra, se le metió en la cabeza efectuarlo. Ese ritual necesitaba ser bautizado por un sacerdote cristiano. Para así, internalizándolas, ella pudiera transmutar las energías que se generaban en ese ritual. De esa forma ella sería un mago más poderoso aún... o alguna tontería psicótica como esa.

La mala fama de Aloysia le cerró todas las puertas de las iglesias de la ciudad. Ningún sacerdote tomó como serio su pedido de bautismo como cristiano. Así que ella convenció a Rosalía para que la llevara a la parroquia del pueblito donde vivía. Un campo alejado de la ciudad donde la ingenuidad era victimizada por la maldad.

Rosalía accedió, logró convencer al párroco y un 21 de diciembre, apadrinada por Rosalía, Aloysia recibió el sacramento del bautismo... jamás volvió a la Iglesia.

Jaime conocía esos secretos y le insistía a los miembros de la Orden de la R.R. y la C.D., 'Precaución'.

No es de extrañar que cuando hubo cambios administrativos Aloysia dejó de colaborar con la logia de la Orden. Tan pronto le pusieron un supervisor a sus charlas, quien limitaba los temas a los propios de la Orden, Aloysia comenzó a tener compromisos familiares. Cuando los miembros más jóvenes no le respondieron a sus invitaciones de membrecía a su orden Aloysia dejó de ir consistentemente a la logia de la Orden. Hasta que llegó el momento que sólo pagaba el mínimo de las cuotas necesarias, pero no agraciaba a la logia de la Orden con su presencia.

Eventualmente José y Jaime invitaron a Aloysia a dejar de asistir a la logia de la Orden de la R.R. y la C.D. Esto sucedió luego que ella dictó una charla de temas eminentemente no apropiados para la logia de la Orden a la vez que se mostró sin arrepentimiento y orgullosa por lo que había hecho.

Cuando Jeremías se enteró que Aloysia había sido iniciada en la logia de su pueblito, famoso por su alta incidencia de incesto y un alcalde homosexual, él se ocupó de visitar la misma. No le sorprendió a Jeremías que su retórica era la misma, 'yo vengo a servir', y como en la logia de la Orden, plagaba al Maestro de esa logia de la misma forma que un adulador hace a su jefe. Siempre buscando complacer a los que ocupaban posiciones de liderato en su logia. Como recurrencia, después de estar el tiempo mínimo necesario como 'servidor' comenzó ofrecer sus servicios para dar instrucción.

-Yo soy experta en símbolos antiguos. Yo conozco el
secreto de las antiguas órdenes.

Lo que ellos no saben es que Aloysia introduce en sus charlas las enseñanzas de *su orden.* De inmediato comenzó a intentar reclutar a los miembros más jóvenes de la logia. Diciéndoles como ser iniciado en la fraternidad era ser ordenado al sacerdocio de una orden mística. La cual podía trazar su linaje a la más lejana antigüedad.

Antes que Jeremías dejara la logia de la Orden de la R.R. y la C.D., Aloysia le había retirado el saludo fraternal. Él se negó a apoyarla en sus proyectos, se negó a unirse a su orden. Más importante se negó a permitirle ingresar a la Orden del Templo de Oriente.

Además, Jeremías sabía cuál era la verdadera medida de Aloysia, y ella no quería que otros supieran lo que Jeremías sabia. Para asegurar su posición en la logia, Aloysia ha comenzó a esparcir comentarios dirigidos a hacer daño. Ella tenía que eliminar la 'competencia' y ocultar sus propios secretos. Por un instante mostró su verdadero ser, quebrantado todos los votos de confidencialidad y lealtad, filtró en las logias desinformación sobre la relación de Jeremías y la Orden de la R.R. y la C.D.

Esparciendo fantasías que sólo ella y los tan psicóticos 'perturbados de espíritu' como ella, podrían creer.

Aloysia es una gran manipuladora, ella no miente o engaña, sólo da la suficiente información para que otros construyan las mentiras que ella quiere que otros crean. Hábilmente utiliza su imagen de mujer trabajadora y matriarca de su familia para esconder sus verdaderos motivos. Lograr posiciones y títulos dentro de las órdenes y logias a las que ingresa. Porque eso es lo único que le interesa, la adquisición del poder que alimente su ego...

Aloysia es el más digno ejemplo de la persona que triunfa dentro de las órdenes esotéricas... haciendo lo que sea necesario, hasta quebrantar los principios rectores de la orden a la que pertenece, por un título... Este es el perfecto ejemplo de cómo se logran las metas en el mundo que nos ha tocado vivir, el ejemplo de un 'hombre' libre y de buenas costumbres...

Una Distinguida Visita

-Ustedes deben sentirse privilegiados por su visita.

Uno de los más fervientes admiradores de Aloysia le comentó a los demás visitantes y miembros de la Muy Respetable e Inmaculada Logia Hijos de la Lucerna del Alba. Logia anfitriona de una Educación de Logia de todo el Distrito Sur. La admiración por Aloysia por parte de Manuel era casi irracional. Era la de un niño en la escuela primaria que admiraba tanto a su maestro que éste lo convierte en su modelo de vida o simplemente se enamora de su maestra.

-¿Está todo listo?

Preguntó en tono muy nervioso Manuel.

-Sí.

De manera corta y sencilla le respondió Arístides, Muy Respetable, Venerable e Inviolable Maestro de la logia anfitriona de la Educación de Logia. Sebastiana y Ramona se miraron con expresión exasperada. A ellas no le agradaba mucho Aloysia. No confiaban en nadie que no fuera un cristiano práctico. Menos en alguien que hablaba de cosas místicas que no se ceñían a la biblia.

Pero Aloysia había logrado cierta reputación y apoyo del Muy Respetado e Ilustre Gran Maestro Santiago. Por lo cual Sebastiana y Ramona la toleraban y permitían que los más jóvenes tuvieran limitado contacto con ella y las ideas extrañas que traía a las logias.

-Gracias, muchas gracias.

Le dijo Manuel con un poco de desesperación a Arístides. Aloysia tenía unas exigencias muy particulares cuando hacía las visitas de Educación de Logia. En estas actividades Aloysia se comportaba como toda una diva y era el trabajo de Manuel lograr que todo estuviera a las especificaciones que ella requería. Su preocupación era un reflejo de la falta de dignidad de un mero lacayo ante el objeto de su adoración.

-Bienvenida a nuestra humilde logia.

Fueron las primeras palabras que se escaparon de Manuel mientras hacía una profunda reverencia. Las palabras y acciones de Manuel lograron la enemistad eterna de Sebastiana y Ramona (además de incrementar el desdén hacia Aloysia). Ningún miembro de la Muy Respetable e Inmaculada Logia Hijos de la Lucerna del Alba debía comportarse de esa manera ante una persona que no era miembro del taller. Más aun, la logia no era una 'humilde logia' que se vestía de gala por la presencia de una persona que esparcía tonterías que no eran cristianas. Pero a los más jóvenes le interesaban los temas que Aloysia hablaba.

Esos jovenes habían remplazado la religión con la logia. Para ellos los aspectos más místicos (por psicóticos y especulativos que fueran) eran el sustituto de la cristiandad que Sebastiana y Ramona tanto apreciaban y protegían.

-Hermanos, vengo a servir a la orden. Compartiendo mis

vastos conocimientos...

'0Esotéricos', hubiera querido completar, pero su declaración no era para todos. La manera rimbombante, con una gran y falsa sonrisa, fue más para calmar las miradas acusadoras de Sebastiana y Ramona. A los jóvenes no era necesario aplacar, ellos la miraban con los hambrientos ojos de la lujuria.

-Como todos saben, soy experta en interpretar los

símbolos de las antiguas logias.

Continúo diciendo de forma dramática. Ella sabía que estos teatros siempre funcionaban en las mentes débiles. Mientras más fueran las mentes que pudiera influenciar, mejor. El vasto populacho ignorante siempre será superior al solitario individuo pensante. Eso era lo que Aloysia necesitaba para poder realizar su próximo gran proyecto.

Desplegando sus brazos como si tratara de abrazar a todos los jóvenes 'hermanos de logia' que se habían convertido en su acólitos, le dijo en voz muy baja, como si le diera un gran secreto que sólo los iniciados debían saber, 'He descubierto el significado secreto de la Piedra Cúbica'.

La mítica Piedra Cúbica de los 'hermanos de logia'. Símbolo de la perfección moral a la que ellos supuestamente aspiran. En la Respetable Logia Jerusalén era un simple cubo completamente simétrico perfectamente pulido. Sin embargo, en la Muy Respetable e Inmaculada Logia Hijos de la Lucerna del

Alba, siguiendo su patrón de vanidad, tenían un piedra cúbica muy adornada. Según las leyendas de la logia, esta piedra cubica la habían traído desde Francia y era la imitación a la Piedra Cúbica que estaba en la Gran Logia Francesa. En la cual estaban codificados todos los secretos ocultos de la logia. Ahora Aloysia reclamaba haber descifrado esos secretos... y más.

-Pero de eso les hablaré luego de la Educación de Logia
   que les voy a impartir hoy.

'Disculpen', dijo Aloysia al separarse de manera abrupta de sus seguidores. Jeremías acababa de entrar a la logia acompañado con algunos miembros de la Respetable Logia Jerusalén.

-Que gusto verle *frater*.

Se dirigió a Jeremías con el tradicional saludo de la Orden de la R.R. y la C.D. lleno de toda la hipocresía que salía de su alma. No todos podían percibir ese tono especial que ella utilizaba con Jeremías. Ramona y Sebastiana sabían que 'había algo entre esos dos'. Ellas se habían dado cuenta del minúsculo cambio en su voz.

-*Soror*.

Jeremías le contestó de manera casual, como la persona que no le da mucha importancia a un desconocido. Él no se fiaba, por no decir que no toleraba, a Aloysia. Él la conocía muy bien. Sabía que es lo que ella quería, y hasta donde podía llegar por lo que ella quería. La realidad era que la enemistad era mutua.

Aloysia consideraba a Jeremías su rival en asuntos esotéricos. A pesar que él era un apóstata a todo ese conocimiento y experiencia mística. Jeremías consideraba a Aloysia una oportunista, que lo único que buscaba eran títulos, honores y pleitesías.

Su enemistad comenzó en la Orden de la R.R. y la C.D., cuando Jeremías se negó a permitirle la entrada a Aloysia a la Orden del Templo de Oriente. 'Yo quiero ser sacerdotisa gnóstica', ella presentó como su principal intención para unirse a esa orden. Jeremías sin pensarlo mucho le dijo que 'no'. Para Jeremías esa no era razón suficiente para unirse a la 'orden' que él tanto amó. Se necesitaba de otras características y deseos de autorrealización, no sólo ser parte del 'sacerdocio gnóstico'.

Jeremías tuvo que aguantar el impulso de empujar a Aloysia cuando ella le abrazó como si fueran grandes amigos o amantes. 'Necesito tu ayuda', le susurró en el odio. Normalmente esa acción le hubiera despertado el libido a Jeremías. Pero lo que sintió fue una revulsión por la mujer que se le acercó, emoción que jamás la había sentido por algún otro ser humano.

-Hablamos luego de la charla...

Dijo dramáticamente Aloysia luego de un sonado beso en la mejilla de Jeremías. Seguido se dirigió al templo de la logia y saludaba a los admiradores que reclamaban su atención. Muchos de los cuales miraban con odio, envidia, o ambas, a Jeremías por la atención especial que Aloysia le prestó.

En la distancia Jeremías pudo observar el breve intercambio entre Aloysia y Manuel. '¿Todo esta listo?', le demandó a Manuel. El tono de Aloysia cambió, casi imperceptible, muy típico de ella. Manuel entendió la seriedad de la pregunta y le aseguró múltiples veces que todo estaría en orden.

Si no fuera porque el Muy Respetado e Ilustrísimo Gran Maestro Santiago le había ordenado a todos los 'hermanos de logia' del Distrito Sur asistir a esa Educación de Logia, Jeremías se hubiera ido de ese lugar. Una barra y un buen *whisky* le harían más provecho que escuchar todas las inservibles fantasías que Aloysia estaría hablando. La mitad del tiempo Jeremías sabia de donde salió la información que ella reclamaba era alguna revelación divina. La otra mitad sabía que eran puras especulaciones inservibles.

De lo más que le molestó a Jeremías, fue las incesantes indirectas que Aloysia le hacía. Principalmente en lo que tenía que ver con lo que ella llamaba el 'mundo material'. Cuando Jeremías descartó sus 'estudios esotéricos' se dedicó a la adquisición de bienes materiales. Para él no había nada más importante que hacer dinero, para darle una buena calidad de vida a sus hijos, esposa y padres. Sin embargo, bajo la tutela de Aloysia, ese nuevo enfoque de vida de Jeremías era despreciado por los 'hermanos de logia'. Quienes irónicamente constantemente le pedían ayuda para las filantropías de la logia.

Cuando terminó la charla de 2 horas, Jeremías tuvo que soportar 2 horas más de *preguntas y respuestas*. Toda la noche fue una gran tortura, pero había que obedecer al Muy Respetable e Ilustre Gran Maestro, quien no estaba en la Educación de Logia. Todos los jóvenes hacían preguntas que quedaban en el campo del realismo mágico de Isabel Allende o Gabriel García Márquez o en las tonterías que escribía Carlos Castañeda o J.J. Benítez. Para la desesperación de Jeremías hasta Ramona y Sebastiana hicieron preguntas estúpidas.

Añadiendo a la desesperación de Jeremías, los refrigerios eran menos que mediocre. Exasperado le dijo a los hermanos de la Respetable Logia Jerusalén, 'me voy'. A lo cual ellos sólo rieron. Porque sabían cuáles eran sus prioridades.

'*Frater*, un momento', se escuchó la voz de Aloysia en el vestíbulo de la logia. El suspiro de molestia que liberó Jeremías pudo ser observado por todos. Ni siquiera se molestó en disimular que no quería hablar con Aloysia. Pero, era esperado de un 'hermano de logia' que atendiera el llamado de otro 'hermano de logia'.

Tomándolo por el brazo, como la corteja le hace a su amante, Aloysia comenzó a caminar con él hacia la puerta del vestíbulo en busca de un lugar donde pudieran hablar en privacidad. A pesar que Jeremías decía que ya no creía o practicaba el esoterismo, Aloysia reclamaba que el aura de él era la de un gran mago ritualista. Además, él tenía un conocimiento técnico del ocultismo que Aloysia codiciaba. Como en tantas otras faenas Jeremías era superior a Aloysia. En la soledad de sus pensamientos ella lo podía admitir. Más aun, ella podía reconocer que tenerlo como un amigo y colaborador sería de beneficio para ella. Por eso tenía que lograr que Jeremías se integrara a su equipo de trabajo y a sus proyectos.

-Encontré el ritual... podemos abrir las energías que están en la Piedra Cubica... sólo necesito que seamos nueve 'hermanos de logia' del tercer grado, o más, para hacerlo...

Jeremías liberó su brazo del agarre de Aloysia y alzó sus manos en rechazo para sobre enfatizar lo que le iba a contestar a Aloysia.

-No. Me. Interesa. Entiende que todo lo que estás diciendo son estupideces. No creo en ninguna de las idioteces de que estas hablado.

Exclamó Jeremías con furia controlada. Mientras comenzaba a alejarse de la mujer que estaba despertando odio en él, gesticuló para que cerrara su boca y no hablara. Él no quería escuchar más de sus explicaciones fantásticas de iniciaciones y secretos. Dando su primer paso firme en alejarse de ella le acusó con recriminación desmedida,

-Es más, estás loca...

Aloysia no se esperaba la violencia en la reacción de Jeremías. Siempre fue cortés y amable con todo miembro de la

Orden de la R.R. y la C.D. y con cualquier 'hermano de logia'. Hasta en los momentos en que no compartía las ideas o acciones de ellos. Su cordialidad moría en los ojos que sólo proyectaban rencor y odio. Por un instante Aloysia habría jurado que demonios se posicionaron detrás de Jeremías como guardianes prestos a proteger a su amo.

Por menos de un instante Aloysia quedo inmóvil. Jamás ningún hombre (para su gran orgullo) le había rechazado, en ninguna de las facetas de su vida. En ese instante de inmovilidad el coraje se posesionó de ella y una breve maldición se conjuró en sus labios. La esperanza de la destrucción de un antiguo rival y nuevo enemigo. 'Por qué tenías que hacerlo en público', pensó. 'Por qué usaste mi verdadero nombre', murmuró. Aloysia nunca estaría segura si algún 'hermano de logia' fue testigo del intercambio con Jeremías.

Recuperando su compostura se tornó a los 'hermanos de la logia'. Con un gran gesto triunfal y su típica falsa sonrisa exclamó para que todos escucharan,

-¿Quién me podría decir cuál es la relación entre los chacras y los *órdenes* y *signos* de cada grado?'

MIGUEL

Ejemplo de Liderato en la Logia

Las Pequeñeces

Es en los pequeños gestos donde puede descubrirse la verdadera calidad y las cualidades de Miguel, el Maestro de Logia de la Respetable Logia Jerusalén.

La logia, a la cual él fue elegido para servir como su líder, tiene más de 75 años de vida como parte del Gran Oriente Nacional y Soberano. Queda en la historia de esta logia que cuando se conmemoró su cincuentenario los 'hermanos de logia' decidieron erigir una tarja en el lugar donde se realizó la primera reunión. Ellos querían dejar marcado para futuras generaciones ese lugar tan especial. En esa ocasión 'hermanos de logia', viudas e hijos de los 'hermanos' fundadores participaron de la colocación de la tarja.

Ya han pasado más de 25 años desde ese momento histórico. La tarja ha caído en abandono, deterioro y vandalismo. Así que los hermanos actuales decidieron recolectar el dinero necesario para repararla. De tal forma, se asignó una cuota de $20 por hermano. Lo cual si todos cumplían sería suficiente para lograr la restauración.

Como todo proyecto en la logia liderado por Miguel... no se completó, y sólo se logró recolectar $120.

Según las leyes de la sociedad civil, ese dinero era una donación condicionada. Lo cual significaba que ese dinero se tenía que devolver si el mismo no era utilizado para el fin por el cual fue donado. Inclusive las leyes de las logias del país establecen que todo dinero en control de la logia únicamente puede ser dispuesto por la decisión mayoritaria de los miembros.

A Miguel eso no le interesa. 'Él es el Maestro de Logia' por lo cual es incuestionable ante la logia e inviolable en sus decisiones. Así que por su propia decisión Miguel le informó a la logia que utilizaría esos fondos para otros fines. Él diría cual sería ese fin y cuando sería utilizado. Pero lo hizo después que la reunión terminó, de tal forma no constara en el acta y no habría una prueba clara de su acto ilegal.

La cantidad no es significativa. Es el acto de tomar poderes que no le corresponden lo que envenena todo lo que se haga con esos fondos. Eso revela lo que es Miguel, una persona corrupta. Quien cree que es suya la logia, que lo inició cuando otras no lo querían, para disponer de ella como a él le dé la gana.

Una Logia Limpia

La estadía en el Trono de la Logia de Miguel ha sido una marcada por la corrupción. Ha mandado a falsificar minutas y actas, ha hecho movimientos indebidos de fondos, ha quebrantado normas y reglamentos para favorecer a sus amigos, callar a los que le fiscalizan y perseguir a sus detractores. Santiago estaría muy orgulloso de él, si no fuera porque lo descubrieron... y con eso han desvelado el turbio pasado de sus acciones.

Los hermanos de la Respetable Logia Jerusalén lo descubrieron... tenían toda la evidencia... pero los Ex Maestros de la Respetable Logia Jerusalén, lo están protegiendo. No por protegerlo como individuo, Miguel no merece la protección de ninguna persona. No merece la lealtad de ningún miembro de la Logia. Tampoco merece el título de *Hermano* y menos el de *Maestro de Logia*. Sin embargo los Ex Maestros de Logia quieren protegerla de algún escándalo y a la institución que se supone sea el Maestro de Logia.

Ya que la persona que es Miguel es una gran vergüenza para las logias del país. Un 'hermano de logia' debe ser un buen padre, sin embargo las demandas en los tribunales por filiación y pensión alimentarias son frecuentes. Se espera de 'hermano de logia' ser un buen esposo, sin embargo Miguel tiene múltiples querellas por maltrato conyugal y ordenes de restricción por su conducta violenta contra las mujeres en su vida. Un 'hermano de logia' debe ser responsable, aun así, Miguel no ha cumplido con sus múltiples deudas, libremente incurridas, y los bancos tienen que demandarlo para obtener el dinero que despilfarró.

Es la mayor vergüenza de los Ex Maestros de Logia que iniciaron y llevaron por los grados a un fratricida. Por la tradición y ley de las logias alguien que haya matado a otro ser humano, no podría ser ascendido al Sublimizo y más que Bien Ponderado Tercer Grado de Logia. Sin embargo los Ex Maestros de Logia permitieron llegara a ese grado.

La protección a Miguel es incidental. Ya que ellos no lo han de apoyar más en ninguno de sus proyectos. Por el contrario, 'le han de permitir completar su término' como Maestro de Logia. Únicamente para que la logia no luzca inestable. Más aun, le están exigiendo de las personas que están en la directiva que lo fiscalicen muy de cerca. Lo cual es una gran apuesta, que esta tildada a fracasar.

Lo que los Ex Maestros de Logia no entienden es que mantener en secreto las acciones corruptas de Miguel es contraproducente. Lo cual no ayuda a proteger a su amada logia. Lo único que están logrando es ponerla en grave peligro. Permitirle a un corrupto mantenerse en el poder o en una posición de liderato sólo logra darle las herramientas necesarias para que continúe con sus acciones corruptas.

Le da un foro para que pueda contaminar a otros miembros de la logia. Porque la misión de todo corrupto es beneficiarse de alguna manera, dinero, fama, gratificación personal... Para poder beneficiarse lo que tiene que hacer es ensuciar con su inmundicia a los que están a su alrededor. Los tiene que contaminar y hacerlos cómplices de su corrupción para que así no lo puedan delatar. No lo puedan increpar, y en su inviolabilidad, pueda continuar siendo tan corrupto como pueda ser.

En la protección de la logia, los Ex Maestros de Logia deberían estar más preocupados por la integridad de la misma. Deberían olvidarse del 'qué dirán' las otras logias cuando se expulsa a uno de sus miembros, o hasta al mismo Maestro de Logia, por actos de corrupción. Porque una logia que le pone fin a la corrupción que le invade, se crece. Se convierte en un ejemplo para otras logias de lo que es la verdadera integridad, ética y moral. Que son el supuesto fundamento de la logia... los cuales han sido olvidados por lo inconveniente que son.

Los Ex Maestros de Logia, en este encubrimiento, por una supuesta protección de la logia, se han ensuciado con la mugre que es Miguel. Ya los Ex Maestros de Logia son cómplices de su corrupción. Miguel les ha ganado.

Ni el Hijo Prodigo

-Siéntate.

Le ordenó Santiago de manera tajante a Miguel. Ante tal comando, obedeció sin protesta o palabra, ni siquiera levantó su mirada para ver la expresión en el rostro de Santiago. Sentado frente al Muy Respetable e Ilustre Gran Maestro, Miguel se veía diminuto y derrotado. Se veía inadecuado para la silla en la que estaba sentado. Una incómoda silla que Santiago reservaba en su despacho para las personas que no quería atender.

Era una visión patética. Cualquier persona que viera a Miguel sentiría gran compasión por él. Pero no Santiago. El Muy Respetable e Ilustre Gran Maestro sabía cuál era la verdad sobre Miguel. Muy tarde aceptó esa verdad. Terceras personas le habían enterado de lo que había hecho. Al principio no lo quería creer. Sin embargo, con el tiempo, todo se le había revelado como cierto a Santiago.

Lo que sucedió antes que Miguel fuera 'hermano de logia'. Que lo descalificaría para ser 'hermano de logia'. Pero ya había sido iniciado; Lo que hizo mientras fue 'hermano de logia'. Que le hubiera merecido ser puesto bajo proceso *penal de logia*. Pero fue lo suficientemente hábil en engañar a su logia madre; Lo que fueron sus acciones cuando fue Maestro de Logia. Que le hubiera otorgado una destitución a su puesto. Pero sus habilidades de manipulación eran más que increíbles.

En el pasado Santiago veía a Miguel con los ojos de un padre. Nunca pudo ver el verdadero valor de Miguel. Hasta intercedió, o más bien intervenido en la soberanía de la logia que Miguel dirigió. Los hermanos de la logia no querían darle el título de Ex Maestro de Logia. Se reusaban a darle el honor y privilegios que una persona que haya dirigido efectivamente una logia merecía.

Miguel no fue un buen Maestro de Logia.

Aun así, Santiago utilizó, o más bien abusó de, su autoridad como Muy Respetable e Ilustre Gran Maestro para lograr que la logia le concediera el título. Comenzó por expulsar sumariamente a los 'hermanos de logia' que eran más vocales en su oposición a la otorgación del título. En especial a Jeremías, quien responsablemente fiscalizaba amargamente a Miguel.

Luego retiró la Carta Constitutiva de la logia, sometiendo a la obediencia a los que quedaron en ella. Para luego amenazarlos de no dejarlos trabajar como logia si no obedecían al Muy Respetable e Ilustre Gran Maestro. Santiago nunca pensó en la legalidad de sus actuaciones. El Muy Respetable e Ilustre Gran Maestro nunca se equivoca.

Gracias a la violencia perpetrada por Santiago, Miguel obtuvo el título de Ex Maestro de Logia. Ahora, el Venerabilísimo Hermano Miguel, Ex Maestro de la Respetable Logia Jerusalén, destruyó la confianza que Santiago había depositado en él... Miguel volvió a delinquir. Fue despedido de su trabajo en una farmacia por robar medicamentos controlados. Ni siquiera era un buen ladrón.

-¿Por qué?

Preguntó Santiago en la manera que un militar le reclamaría a un subordinado. Miguel siguió inmóvil en la silla.

Alzando su voz y golpeando en su escritorio Santiago volvió a preguntar, '¿Por qué?'. El golpe y el grito fue lo suficientemente fuerte para que el Hermano Salomón se sintiera motivado a acercarse al despacho del Muy Respetable e Ilustre Gran Maestro. Mirando las sombras que se formaban a través de los vitrales ornamentales, el Hermano Salomón podía percibir la cólera de Santiago y la fría presencia de la blanca e inmóvil cabeza rapada de Miguel.

'¿Cómo tan poca cosa podría crear tantos problemas?', en algún momento le preguntó retóricamente el Hermano Salomón a Santiago. 'Compasión', fue la respuesta que sorprendió al Hermano Salomón. Esa falsa compasión que en algún momento Santiago expresó ahora le estaba retornando para importunarlo. 'Tengo la esperanza que mejore', Santiago le explicó en aquel momento. La visión de un padre, o la perspectiva de un criminal que se veía reflejado en un criminal más joven, no le permitió ver la realidad de quien verdaderamente era Miguel.

El Hermano Salomón sabía que Santiago estaba equivocado y darle una oportunidad a Miguel sería un error. Pero, dijo nada, el Muy Respetable e Ilustre Gran Maestro nunca se equivoca. Suspirando el Hermano Salomón decidió regresar a su pequeña oficina. Este era un problema creado por Santiago y el Hermano Salomón no pensaba salpicarse con el excremento que salía de Miguel.

Miguel ahora miraba a Santiago directo a sus ojos. Lo cual se podría entender como un desafío. Pero su rostro carecía de expresión, era como si Miguel no comprendiera las palabras que Santiago pronunciaba. Era esa mirada vacía lo más que desconcertaba a Santiago, parecía que Miguel ya no tuviera alma.

-¿Por qué?

Volvió a preguntar Santiago. Esta vez de forma más gentil. Casi como la súplica que le hacía un padre a su descarriado hijo amado. Miguel continuaba inmóvil y en silencio. Mirando con la frialdad de *esos ojos claros* que utilizaba para embrujar a la mayoría de las mujeres que conocía. Incluyendo a las parejas de otros 'hermanos de logia'.

Santiago le recriminó,

-¿Acaso no te das cuenta de los problemas que me haz creado?

Una simple y sencilla frase fue lo único que pronunció Miguel en esa entrevista con su Muy Respetable e Ilustre Gran Maestro. Tras unos largos segundos Miguel expresó con voz tenue y llena de recriminación.

-Yo creía que los 'hermanos de logia' era para apoyarse mutuamente... no importa que.

En ese momento Santiago entendió que lo habían manipulado. Lo había derrotado. Con furia controlada Santiago pronunció su comando, 'Vete'. Miguel se levantó de la incómoda silla, silente y triunfante. No se despidió o le dio las acostumbradas reverencias a un Muy Respetable e Ilustre Gran Maestro. Simplemente se fue.

Luego que Miguel se fuera Santiago tomó unos minutos para recomponerse. En silencio, en la breve soledad de su despacho, comenzó a tramar lo que serían sus próximos pasos. Las acciones del Miguel eran inaceptables para cualquier 'hermano de logia'. Pero Miguel se había convertido en uno de los protegidos y exaltados por Santiago. Si Miguel caía, la credibilidad de Santiago caería. Santiago se repitió a sí mismo la frase de su antecesor, 'El Muy Respetable e Ilustre Gran Maestro nunca se equivoca'. Con controlada furia, en un tono de voz que bordeaba en un grito, Santiago llamó,

-¡Salomón! Tengo que escribir una nueva columna en la Gaceta Semanal.

CESAR

SACRIFICIO POR UNA IDEA

La Traición de un Padre

Hoy era uno de esos días importantes en la logia. Tal vez otro más en una interminable línea de 'días importantes'. Tres hermanos del Segundo Grado serian ascendidos al Sublimizo y más que Bien Ponderado Tercer Grado de Logia. A un nivel personal, para todo 'hermano de logia' este día es el más importante de su vida como miembro de cualquier logia. Es cuando verdaderamente se convierte en 'hermano de logia' con todos los privilegios de la fraternidad.

Ya deja de ser un mero sirviente y conserje. En esa noche dejará de ser un sospechoso de todo lo malo que suceda en la logia. Ya no sólo mira desde las gradas las inconsecuentes discusiones y discursos. Ahora también podrá participar de los estériles debates y dar opiniones impensadas.

Así que en esta noche tan importante, los tres hermanos ascendidos, invitaron a las dos personas más importantes en su 'vida de logia'. Importantes en el sentido que fueron ellos quienes permitieron que fueran iniciados en la logia. Quienes más los educaron en la historia, filosofía y ritual de la logia... invitaron a Cesar y Jeremías.

Cesar había sido el Maestro de Logia que luchó y llevó por los primeros grados a estos tres 'hermanos de logia'. Más aun, él fue quien logró 'adelantar' el proceso para que ellos fueran iniciados y adelantados en los grados. Todo estaba bien.

Por su parte, Jeremías había sido la persona que se había dedicado a educarlos en todos los aspectos de la logia. Buscaba formas y les daba de su tiempo para contestar las dudas que ellos tuvieran. Todo estaba bien.

Hasta que Miguel trató de expulsar a Jeremías de la logia sin un 'debido proceso de ley' y Cesar lo defendió. Ante lo cual el corrupto Miguel y el corrupto Santiago conspiraron para expulsar a Cesar y Jeremías. Para hacer eso le arrebataron la Carta Constitutiva y clausuraron la logia. Esto tuvo otro efecto, el de no permitir que estos tres hermanos lograran el codiciado Sublimizo y más que Bien Ponderado Tercer Grado de Logia.

Ya la logia estaba *en pie y al orden*. Se le había devuelto condicionalmente la Carta Constitutiva. Bajo un nuevo Maestro de Logia, un inconsecuente 'hermano' que fue elegido porque molestó al número menor de personas. Vivo ejemplo de la limpia mediocridad que alienta la democracia. Era uno de esos 'hermanos' que venía a la logia y se sentaba en una esquina a decir nada.

Su primera gran actividad fue la otorgación del Sublimizo y más que Bien Ponderado Tercer Grado de Logia a esos tres hermanos.

Reconociendo su situación ante corruptos y traidores, y conociendo cómo funcionaban las dinámicas en la logia, Cesar y Jeremías se mantuvieron en salón de actos. Lejos de los espías de Santiago. En el lugar más importante para todo 'hermano de logia'. Donde se celebraría el ascenso en grado de estos tres hermanos, cerca de la nevera con las cervezas.

Además, desde el salón de actos ellos podían escuchar la ceremonia, la que tantas veces dirigieron. Ellos sabían lo que sucedía a puertas cerradas. Ya no habían secretos de logia que ellos no conocieran. Entre cervezas ellos escuchaban al nuevo Maestro de Logia dirigir meridianamente competente una ceremonia que no dominaba.

La ceremonia concluyó.

La estampida de hermanos salió del templo al salón de actos en busca de las cervezas, muy bien custodiadas por Cesar y Jeremías. La mayoría de los hermanos se alegraron de ver a Cesar, y a Jeremías también, quien fue uno de los más fuertes pilares de la logia, y Jeremías también.

La inconveniente verdad era: sin Cesar no habría logia.

A quienes no le agradó la presencia de 'esos dos' fue a los hermanos de la Respetable Logia Hijos de la Lucerna del Alba, los oportunistas partidarios de Santiago. Quienes visitaban a la Respetable Logia Jerusalén con el único propósito de informarle a Santiago todo lo que sucedía en esa logia... tampoco le agradó a los partidarios de Miguel. Especial molestia sintió el Viejo Marcos... un viejo casi caduco. Quien con su bastón caminaba lento y simulaba sordera cuando le era conveniente.

-Usted no tiene que irse.

Le dijo Cesar al Viejo Marcos. Ese viejo estaba entrando al salón de actos cuando vio a Jeremías. El disgusto de ver a Jeremías le desfiguró la cara. Fue cuando vio a Cesar que éste comenzó a dirigirse a la puerta de salida.

-Que usted no tiene que irse le dije.

Le repitió el hijo al padre, esta vez en su característica alta voz. El coraje se posesionó del Viejo Marcos. Su expresión era la de un anciano que había sido ofendido por su hijo.

-Si tú estás aquí, yo no me quedo.

Le contestó señalándolo con su torcido dedo. De manos que habían sufrido los embates de toda una vida de trabajo manual.

-Yo no le he hecho nada a usted para que se vaya. Venga para que comparta con los hermanos.

Le invitó Cesar en su alta voz.

-Que me voy.

Contestó el viejo agarrando fuerte su bastón.

-Por qué te vas, por Miguel.

Esa era la pregunta que Cesar nunca debió hacer. El Viejo Marcos era de esa vieja escuela donde se le inculcó que el Maestro de Logia era inviolable, aunque hiciera actos de corrupción; que el Muy Respetable e Ilustre Gran Maestro era infalible... aunque se probara su error.

-Tú lo regañaste frente a la logia.

Gritó el Viejo Marcos levantando su bastón de forma amenazadora.

-Lo regañé porque estaba haciendo las cosas mal.

Le contestó Cesar alzando su fuerte voz al borde de un grito. Tratando de martillar en la cabeza de ese viejo la realidad de quien había sido la peor persona en sentarse en el Trono de la Respetable Logia Jerusalén.

El Viejo Marcos gritó, para que todos en el salón de actividades escucharan, sus palabras pronunciadas con plena intensión del hacer daño,

–Tú eres el peor enemigo que tiene esta logia.

Luego de esas palabras todo quedo en silencio. Todos sabían de los sacrificios que Cesar había hecho por la logia. Todos sabían de todos los beneficios que el Viejo Marcos había recibido de la logia y en especial de Cesar. El Viejo Marcos había sido un prodigo durante toda su vida. Había desperdiciado su dinero en apuestas y alcohol. Dejó a su esposa en la casa mientras visitaba cortejas y prostitutas.

Ahora en su vejez lo único que tenía era la mísera pensión que le daba el gobierno, los ineptos servicios médicos de la asistencia pública, y cualquier limosna que le pudiera sacar a los 'hermanos de logia'.

La maldad y avaricia del Viejo Marcos se reflejaba en todas las acciones de su vida. En la logia a la que pertenecía de la Orden de los Trabajadores, abogó para que esta cerrara sus puertas permanentemente. Todo porque si la cerraban, en la venta del edificio que albergaba la logia él recibiría unos míseros dólares. La esperanza y constancia de los hermanos que vinieron antes que él no importaba. Lo que importaba era el poco dinero que le pudiera sacar a la logia.

Como en usura le sacaba el dinero a su hijo carnal. Cobrándole una alta renta por una choza en su patio.

-Ya tu eres grande, no te tengo que ayudar.

Le reprochaba a su hijo mientras le tomaba el dinero.

El mal agradecido del Viejo Marcos se había vendido por un plato de arroz. Por ese plato de comida que Miguel le llevaba, cuando algo sobraba de la casa de su madre. Ese plato compró la lealtad del Viejo Marcos... quien vendió a Cesar a un corrupto Santiago y a un deshonesto Miguel.

Todos sabían esto. Pero la manada de cobardes no quería parcializarse. Lo cual era una mentira, todos estaban parcializados, pero querían mantener las apariencias. Todos estaban parcializados con quien le diera las mayores dádivas. Con quien le diera lo que ellos deseaban... y en ese momento no era Cesar.

-Tú lo traicionaste. Y por qué, por defender al tipo ese, a Jeremías. Al insolente ese...

Le recriminó el Viejo Marcos a Cesar.

-Tú eres el que me traicionó. Y por qué. Para proteger a un homicida... a un tipo que maltrataba a su mujer...

que no pagaba sus deudas... Por obedecer a un tipo que sólo era el Maestro de Logia y estaba botando los chavos de la logia...

Le respondió Cesar en igual tono recriminatorio.

-Él era el Maestro de Logia y tú le debías respeto. Tú eres el más grande enemigo de la logia.

Le volvió a decir Cesar. Quien esta vez se quedó callado mirando fijamente al Viejo Marcos. Sus ojos a punto de dejar escapar una lágrima por las palabras hiriente que ese amado viejo le decía. De todos los hermanos de la logia, de todos, Cesar jamás se pudo imaginar que sería el Viejo Marcos quien lo traicionaría. Cesar jamás imaginó con tal fuerza lo despreciaría, quien en algún momento amó como padre...

La Traición de un Padre: Epílogos y cobardías

Esa noche grades traidores fueron revelados. Traidores, tal vez no por sus acciones, sino por sus omisiones. Los miembros de la Respetable Logia Hijos de la Lucerna del Alba todos odiaban a la Respetable Logia Jerusalén. Así que cualquier cosa que le hiciera daño a esa logia era un momento de gran alegría para ellos.

Los partidarios de Santiago eran más que evidentes en su satisfacción de la desdicha de todos aquellos que no le cantaban alabanzas. Igualmente los mediocres que apoyaban a Miguel. Esos traidores se conocían. Sorprendería si estos *personajuchos* hubieran actuado diferente.

Pero los grandes traidores eran ejemplificados en tres hermanos de la Respetable Logia Jerusalén.

El Anciano Sixto Borja, un diminuto hombre en todo el sentido de la palabra. Que caminaba como si estuviera vestido con 'una pesada capa de plomo, tan gruesa que lo hacía gemir'. Enfermo que decía ser un cristiano practico. Que rechazaba a cualquier persona que no fuere cristiano. Un viejo hipócrita que decía amar a Cesar y admirar a Jeremías. En esa noche se quedó sentado en una esquina y dijo nada.

Pero el Anciano Sixto Borja si decía mucho cuando Cesar o Jeremías o sus amigos no estaban,

-Me alegro que Cesar no esté aquí... el habla muy duro y no me gusta el lenguaje que usa. Jeremías... ese es un irrespetuoso. Como se le ocurre presentar evidencia de los actos impropios de Miguel, nuestro Maestro de Logia.

El otro traidor fue el joven abogado, quien se engañaba a sí mismo en creer que era un idealista defensor de los que no tenían defensores. Le gustaba decir a todos que estaba contra las injusticias. Pero como tantos otros hermanos de la logia la conveniencia del silencio le hacía un traidor.

Cuando comenzó la garata en el salón de actos huyó al templo, bajó la cabeza e hizo nada. Sólo cuando la mayoría de los hermanos se habían salido del salón de actos, y sólo los más allegados a Cesar y Jeremías quedaban, salió.

-Ustedes son mis hermanos, pero no en la logia.

Pero más altivo de los traidores y cobardes lo fue el nuevo Maestro de Logia. Éste se quedó dentro del templo simulando que no había escuchado. Prefirió dejar que los hermanos se despedazaran antes de tomar posición alguna. Prefirió quedarse en la seguridad del templo que ejercer las funciones de un Maestro de Logia y buscar la concordia entre hermanos.

Era más fácil esperar que todos se destruyeran mutuamente, a servir como mediador... él era el nuevo Maestro de Logia y no iba a molestarse con los problemas de otros...

De Viejos Caducos

Rodolfo estaba en un sillón de ruedas mirando al pasillo que llevaba a la entrada del hospital para veteranos. El hospital, tal vez como cualquier otro hospital, era demasiado frio. Rodolfo se quejaba constantemente. Al punto que ya era ignorado por las enfermeras.

-Esto no se lo deseo a nadie.

Le decía con auténtica angustia a todas las personas que se le acercaban. Quienes eran cada vez menos.

Durante su juventud sirvió honrosamente al ejército en dos guerra. Sobrevivió el vicioso combate al cual se enviaba a los hispanos isleños en un ejército comandado por los blancos continentales. Se distinguió en el servicio y fue condecorado varias veces. Pero no demasiadas. Ningún soldado hispano podía opacar las hazañas de los soldados blancos.

Aun así, su gusto por la milicia fue tal, que decidió hacer una carrera de lo que fue un servicio militar obligatorio y la necesidad por la pobreza. Enviado a tierras extrañas, en las fronteras, a las unidades cuya única misión era la de servir de carne de cañón, Rodolfo sirvió. Él disfrutó de su vida militar.

Eventualmente se traslada a las unidades de reservas del ejército y regresa a la isla. Graduándose como ingeniero, logra conseguir un puesto en el servicio público ejerciendo su profesión. Como era la vocación de todo hombre se casa, tiene hijos, y vivió una vida feliz... una buena vida. De las que nunca se escuchan en la radio o se ven en las películas por lo aburridas que son.

Mientras fue militar Rodolfo descubrió la fraternidad, se inició y avanzó en los grados. La logia era algo para entretenerse en los fines de semana. Le daba el tiempo que le sobraba de su trabajo y familia, como lo debería hacer todo 'hermano de la logia'.

No fue hasta que se retiró del servicio militar y de su puesto en el servicio público que Rodolfo incrementó su participación en las logias. De su vida de 'retirado' dedicó gran parte de su tiempo y recursos a la logia.

Siempre que se pedía dinero daba más de lo que se solicitaba. Cuando se necesitaban voluntarios él estaba allí. Inclusive, Rodolfo era de los pocos que leía de la historia y filosofía que debía *perseguir* todo 'hermano de logia'. Transmitía el conocimiento que adquirió, por su esfuerzo, con otros hermanos. Escribiendo para revistas y boletines. Dando charlas en las logias que así se lo pedían. Eso era un fenómeno insólito. Ya que la jurisdicción del Gran Oriente Nacional y Soberano se distinguía por la ausencia de educación en las logias.

En su afán por ayudar a la logia, Rodolfo hasta escribió un libro sobre las órdenes caballerescas que influenciaban el pensamiento de las logias... dando las ganancias de las ventas a las Filantropías de la Logia.

Sus esfuerzos por la logia y los hermanos, casi al final de su vida, rindieron frutos. A Rodolfo se le confirió el Grado más Alto de la Logias. Siendo el único hermano activo en el Capítulo Sur de los Grados Superiores que lo ostentaba.

Muchos admiraban a Rodolfo, pero la mayoría lo odiaban. Ramona era una de las personas que más menospreciaba los logros de Rodolfo.

-Ese tipo tiene ese grado porque pagó por el...

Había otra fuente de odio hacia Rodolfo... era miembro de la Respetable Logia Jerusalén. Sebastiana se revolcaba del coraje en pensar que el hermano de más alto rango en el Distrito Sur no fuera de su logia. Su coraje contra Rodolfo era tal que le prohibió a todos los hermanos más neófitos de la Muy Respetable e Inmaculada Logia Hijos de la Lucerna del Alba mantener contacto con Rodolfo.

-Yo sé más de las logias que él, pregúntame a mí.

Le dijo Sebastiana a un joven 'hermano de logia'. A pesar que en algún momento Sebastiana, en logia abierta proclamó,

-Yo no voy a darle educación de logia a solamente un

hermano. Me tienen que preparar un grupo.

Era de esperar el gran gozo de Ramona y Sebastiana cuando se enteraron de la enfermedad de Rodolfo. Este tuvo un 'derrame celebrar' que le paralizo parte de cuerpo y le afectó su habilidad de hablar. Ellas hasta dieron un oculto Brindis de Logia por el dolor que 'el tipo ese' experimentaría.

Que podría ser peor para una mente activa que estar confinada en un cuerpo... a una persona que le gusta conversar el no poder hablar. Por eso, cuando la condición de Rodolfo mejoró, le decía a todos, 'esto no se lo deseo a nadie'.

Cuando Rodolfo ya había mejorado lo suficiente, su familia lo transfirió a la capital. A un hospital especializado en atender veteranos. En un mejor hospital tendría mejores servicios, pero estaría lejos de su familia y amigos. Sólo tendría la compañía de los 'hermanos de logia' residentes en la capital.

Ninguno lo visitó. Rodolfo estaba enfermo y solo.

Su familia hacía lo posible por visitarlo. Semanalmente lo visitaban. Pero el viaje era largo, incómodo y costoso. Sólo le pedían a los 'hermanos de logia' que lo visitaran. Cuando estaba en su ciudad natal los hermanos de la Respetable Logia Jerusalén lo visitaban. No todos. Sólo los más allegados a él. Pero cuando se lo llevaron a la capital ya los hermanos no lo visitaban.

Algunos se sintieron aliviados por no tener que ir a visitar a Rodolfo. El Viejo Marcos y Miguel eran los que más alivio sintieron de no tener que ir a visitar al 'tipo ese'. El Viejo Marcos nunca progreso en los Grados Superiores y Miguel había sido 'corregido' varias veces en la logia. 'Como el *viejo ese* se atreve a corregirme, yo soy el Maestro de Logia', le protestaba Miguel al Viejo Marcos luego de la reunión.

Cesar había escuchado esas palabras y estaba muy molesto con el 'Ladrón del Trono' de la Respetable Logia

Jerusalén. Pero, en la característica prudencia (o cobardía si es por conveniencia) de las logias, Cesar dijo nada. No fue hasta que en el salón de actos, entre cervezas y mofa, que Miguel dijo algo que perturbo la paz de Cesar a tal punto que éste perdió toda prudencia y decoro.

-¿Qué tu dijiste?

-Yo hubiera dado lo que fuera para que el viejo ese se callara. Tú no sabes to' lo que el *tipo ese* hablaba en la reunión.

-No te pongas pendejo, que Rodolfo es más que tú.

-¿Qué pasa yo soy el Maestro de Logia?

-Que se joda, estamos fuera del templo, aquí tú eres tan pendejo como yo.

-¡Que yo soy el Maestro de Logia!

-Comparado con Rodolfo, ¿Qué carajos haz logrado tú? Matar a tu hermano...

Ese era el Talón de Aquiles de Miguel. Todos lo sabían pero nadie lo mencionaba. De inmediato, los hermanos más temerosos de un fratricida se llevaron a Cesar del lugar. Todos sabían que Miguel siempre tenía armas ilegales, sus 'perras', y no querían que pasara algo en el salón de actos de la logia.

-Lo que tengo que hacer es traer una perra pa' resolverlo to' aquí.

Dijo Miguel a Arcángel en la ausencia de Cesar.

Mientras Rodolfo estaba enfermo, los hermanos de logia seguían con sus diarias banalidades. Con reuniones en la logia que llevaban a nada, excepto a las cervezas en un salón de actos, nadie visitaba a Rodolfo. Nadie le decía algo a su esposa. Y por todos los vacíos discursos y promesas de Santiago, ninguno de los 'hermanos de las logias' de la capital visitaba a Rodolfo.

Cesar lo sabía, siempre que podía visitaba a Rodolfo en el hospital para veteranos.

-No le deseo esto a nadie.

Insistía Rodolfo llorando. En las pocas veces que Cesar fue al hospital para veteranos siempre veía a Rodolfo sentado en una silla de ruedas mirando a la puerta que llevaba al vestíbulo. Siempre miraba con expresión de anhelo de tener algún visitante. Quien le ayudara a olvidar donde estaba. Que le permitiera olvidar su dolor.

Esos visitantes nunca llegaban.

Por esas ironías del destino las Filantropías de la Logia hacían 'clínicas de salud' para la comunidad semestralmente en las facilidades del hospital para veteranos. Cesar era uno de esos hermanos que servía de voluntario en las clínicas. Muchos hermanos de logia iban a esas clínicas, pero era más un acto de vanagloria.

A muchos de ellos se les podía ver con sus regalías de logias pavoneándose entre las pobres personas que ellos debían servir. Muy pocos verdaderamente trabajaban en la clínica. La mayoría lo que hacía era adular al que estuviera de turno como el Director de la Clínica... o si fuere más conveniente al Muy Respetable e Ilustre Gran Maestro, que a veces hacía una momentánea aparición.

En esos días de 'clínica' el hospital para veteranos se llenaba de 'hermanos de logia'. Sin embargo, ninguno visitaba a Rodolfo. Él ya había dado todo lo que le podía dar a la logia. Ya le había dado todo el tiempo y dinero que sería posible. Después de enfermo no sería mucho lo que le podría dar a la logia.

Ya no tenía las influencias, ya nadie le podía pedir favores. Así que, para qué visitarlo. Rodolfo era bagazo...

El Muy Respetable e Ilustre Gran Maestro Santiago ese día estaba en la 'clínica', allí tendría mucha exposición. Muchas personas le agradecerían. Muchos de los hermanos lo ahogarían en adulación. Para que ir a visitar a un viejo enfermo.

Ese día Cesar volvió a visitar a Rodolfo. Lo encontró en el mismo lugar, con la misma cara de añoranza y desesperación. Con lágrimas volvía a decir,

-Esto no se lo deseo a nadie.

Esa fue la última vez que Cesar visitó a Rodolfo.

La distancia traicionó a Cesar. El tiempo conspiró. Las horas eran interminables en su trabajo. Ya no podía ir a la capital a visitar a Rodolfo. Según los meses pasaban Rodolfo seguía empeorando. La esposa de Rodolfo tuvo que mudarse al hospital. Esporádicamente Cesar la llamaba para preguntar por él,

-Pues mijo, se está poniendo más malito... no... nadie lo ha venido a visitar.

La logia se olvidó de su hermano. Rodolfo murió solo.

El sentido de culpa de Cesar era inmenso. Por el tiempo que no pasó con Rodolfo. Por todas las veces que no prestó atención cuando daba una charla. Por no haberlo ido a visitar más veces cuando pudo. Por no lograr que otros de los 'hermanos de logia' lo visitaran. Por no decir algo cuando la logia descartó a uno de sus 'hermanos'. Todos esos sentimientos afloraron, cuando la Respetable Logia Jerusalén le rindió honores póstumos al Venerable e Ilustrísimo Hermano Rodolfo.

Por maldición de dioses o demonios le toco a Miguel dirigir la ceremonia fúnebre en honor de Rodolfo. Pero él no la quería hacer, a él no le interesaba hacerla. Él sólo quería la gloria, hermanos de todo el país vendrían a rendir honores póstumos. Que mejor exposición que esa para su carrera dentro de la fraternidad.

Así que Miguel le pidió a la persona más competente de la logia organizarlo todo. Cesar se hizo cargo de organizar y preparar el templo y las ceremonias. De lograr que todo estuviera en su lugar para hacer de esa ceremonia una memorable.

-Este es el último servicio que le damos a un hermano.

Por demás está afirmar que Miguel se apropió de todos los honores y glorias de una actividad bien planificada y meridianamente bien ejecutada... por él. El Venerable Maestro siempre tiene la razón.

Todo estaba listo, pero nadie quería ofrecer elegía alguna. Cesar tendría que asumir esa responsabilidad. Los más nuevos reclamaban no conocer a Rodolfo, los más viejos simplemente dijeron 'no'. Con aprehensión Cesar se ofreció a la tarea.

En la desnudez de estar frente a sus 'hermanos' y todos aquellos que decían ser 'hermanos de logia', cuando Cesar se prestaba a comenzar con su Elegía de Remembranza y Duelo, todos los sentimientos de culpa afloraron. Esta sería una verdadera prueba para la calidad de hermano que era Cesar. No ante los 'hermanos de logia' sino ante la memoria de un caído.

En ese instante fue entonces que recordó, 'porque tuve hambre y no me dieron de comer; tuve sed y no me dieron de beber; fui un extraño y no me hospedaron; estaba desnudo y no me vistieron; enfermo y en la cárcel y no me visitaron'.

Esa última frase retumbaba en su mente.

En las gradas estaba Sebastiana, con su característica cara de perro, Ramona cruzada de brazos con sus gruesos anteojos... y unos cuantos viejos más. Todos le decían a Rodolfo 'Ilustrísimo Hermano'. Todos esos viejos odiaban a Rodolfo. Algunos lo detestaban por la vida de logros que llevó. Todos lo odiaban porque nunca lograron, o lograrán, lo que él logró.

Ahora estaban allí, los grandes hipócritas de la logia, no para darle tributo a un hermano caído. No para recordar a un hermano fallecido. Sino para celebrar que un contrincante estaba muerto. Para asegurarse de ser saludados y reconocidos por los altos dignatarios que allí estaban.

Cesar lo sabía. En algún momento esas personas fueron sus amigos y hermanos. Los había escuchado hablar. Ahora lo único que quedaba era comenzar con un discurso que esos viejos iban a detestar. Secando sus lágrimas y con la furia en el alma, alimentada por el odio al contrincante, que aplacaba sus sentimientos de dolor y culpa, Cesar comenzó,

-Rodolfo, no lo apreciamos...

SANTIAGO

Un Verdadero Líder

Corre en la Familia

Cuanto le dolía decir 'no confíes en él'.

Ricardo amaba a Santiago. Él era su modelo de vida... era todo lo que Ricardo quería ser como 'hermano de logia'. Un Ex Maestro de Logia, un hermano al cual todos pedían su consejo... además de ostentar el grado más alto en la logia... y ahora había sido elegido como el Muy Respetable e Ilustre Gran Maestro de todas las logias de la isla.

Para Ricardo era un gran honor conocer a Santiago. Era una marca de gran prestigio que haya sido Santiago quien lo presentó en la logia. Su relación comenzó lejos de la logia. Cuando Ricardo, joven ingeniero reconocido por su gran talento, fue asignado como el director de la división en la que Santiago se desempeñaba como maquinista.

Cuando el joven ingeniero llegó, Santiago ya era un 'zorro viejo' en la logia, todos en la división lo reconocían como tal. Lo que sorprendió a muchos fue que no invitó de inmediato a la logia al nuevo ingeniero. Luego de un par de meses, justo después de una reunión donde se discutía el desempeño de la división, Santiago le presentó la invitación a Ricardo.

-Usted es un gran ser humano. Creo que sería una gran adición a nuestra logia.

En un principio Ricardo no le prestó mucha atención a la invitación. No por falta de interés ya que, como todo joven de la ciudad, había visto y escuchado de la logia. Si no, como tantos otros ilusos, creía que aún no estaba preparado para ese honor.

Eventualmente Ricardo aceptó la invitación y fue iniciado en la logia. Bajo la experta dirección de Santiago, Ricardo fue 'llevado por los grados' hasta que lo convirtieron en un verdadero hermano de la logia.

-Maestro, os presento a nuestro nuevo hermano Ricardo.

Aplausos y sonrisas siguieron a tan gozosa proclama. Como es de costumbre en las logias, la parte final de la Ceremonia de Iniciación, fue extremadamente tediosa. Una larga letanía de viejos hablando de la grandeza de la logia y cuan privilegiado era Ricardo en ser parte de ella. Por aburrido e incómodo que fuera, no importaba, Ricardo estaba feliz.

Hasta una lágrima se le escapó con lo que fue el breve discurso final de Santiago. El cual concluyó con:

-Ya no sólo eres mi amigo... ahora eres mi hermano.

Luego de la iniciación de Ricardo la calidad de vida de Santiago, en el trabajo, mejoró inmensamente. Así de grande era la admiración de Ricardo por su nuevo hermano.

Ésa admiración y deseo por ser parte importante de la vida de quien adoraba lo llevó a ganar el amor de la hija de Santiago. En una actividad en la logia Ricardo conoció a la hija de Santiago. Una joven muy amada por su padre. Luego de esta actividad comenzó el coqueteo. Luego el cortejo. Hasta que eventualmente le pidió permiso a Santiago para casarse con su hija.

Si día glorioso es la iniciación de un hermano... más glorioso aun es cuando un hermano contrae nupcias con la hija de otro hermano. Un símbolo de que la hija quedará 'en la familia'. Ningún profano o hereje ensuciara la honra de la hija de un hermano con sus indignas lujurias. Más importante es el hecho, se presume, que el miembro de una logia será un buen esposo, y que la hija de un hermano será una esposa dedicada (quien no competirá con el amor fraternal).

Ricardo y Santiago concurrieron en que la ceremonia y las fiestas se realizarían en la logia. Qué otro lugar sería más idóneo para una boda *en familia*. La ceremonia fue sencilla, ya que lo principal en las logias es la fiesta no el ritual... y la oportunidad para los hermanos de exponer sus carentes dones de oratoria.

El momento más especial de ese día fue el discurso de Santiago. Una disertación melodramática, y de poca sustancia, del amor matrimonial entre los miembros de la logia. Para Ricardo el momento que nunca olvidará de ese día fue cuando Santiago proclamó, para que todos escucharan:

-Ahora, mi hermano, también serás mí hijo.

Ricardo amaba Santiago como si fuera su padre.

Esta fue la cúspide de la relación de Ricardo, Santiago, la logia y la esposa de Ricardo. Porque luego, si hubo algo en que

Santiago se esmeró fue en demostrar que todos los héroes se caen de sus pedestales.

Hermano y Padre

-Hermanos, el edificio necesita reparaciones. ¿Qué vamos
a hacer?

Preguntó el Maestro de la Respetable Logia *Igni Aquila*.
Con la esperanza que algún hermano propusiera un plan de
acción que fuera sensato. Había sido su experiencia que en
asuntos administrativos los hermanos no eran sensatos. Por el
contrario, tendían a ser los paladines de la incompetencia.
Especialmente los que habían servido como Maestro de Logia.
Quienes por alguna extraña razón creían ser expertos en todo
tema imaginable. Simplemente porque en algún lejano momento
fueron Maestros de Logia.

Era muy común escuchar a esos Ex Maestros de Logia
decir 'yo llevo 20 años en la logia', 'de esto yo sí sé' o 'yo siempre
lo he hecho así'. Siempre con el 'yo'. El Maestro de Logia muchas
veces pensó 'llevaras 20 años en la logia, pero llevas 20 años
haciéndolo mal'. Nunca tuvo el valor de decírselo.

-Maestro, propongo que los hermanos Santiago y Ricardo
sean nombrados a una comisión. Ellos son ingenieros, y
quiénes mejor que ellos para aconsejar a la logia y
dirigir este proyecto.

Propuso uno de los más recién iniciado en la logia, antes
que cualquier otro hermano pudiera hablar. El Maestro de Logia
sonrió en su Trono. 'Será nuevo en la logia, pero ya sabe cómo

funciona', pensó el Maestro de Logia con un destello de perversidad en sus ojos. Un Maestro de Logia sólo dirige, no puede tomar decisiones sin el consentimiento de la matrícula. En muy pocas ocasiones había logrado que los 'hermanos de logia' hicieran lo que era *lógico* y *prudente* en los proyectos que se emprendían en la logia.

Luego de una breve votación los hermanos Santiago y Ricardo fueron puestos a cargo del proyecto. Un comité de dos hermanos tomaría todas las decisiones e informaría a la logia de que era lo que se tenía que hacer.

-Gracias hermanos por la oportunidad de volver a servirle a mi madre logia.

Anunció Santiago como muestra de su aceptación a dicha tarea. Ricardo, en el silencio de la sombra de Santiago, y muy sonriente, sólo resplandecía de orgullo por haber sido elegido para trabajar por la logia en compañía de su *padre* y *hermano* Santiago.

Ricardo, exhibiendo una eficiencia que sólo podría ser superada por el capitán Pantaleón Pantoja, se lanzó a la tarea. Sacrificando el tiempo que pasaría con su familia, la hija y nietos de Santiago, trabajó y completó los planes, las propuestas y presupuestos que le presentaría a la logia. Antes los discutiría con Santiago.

Éste no había estado muy activo en el 'comité de mejoras a la logia', porque según él su salud lo había traicionado. De forma muy aduladora le dijo a Ricardo,

- Yo confío en ti. Sé qué harás un gran trabajo. Cuando termines me dejas leerlo y lo presentamos a la logia.

A Ricardo no le molestaba hacer el trabajo. Sabía que Santiago había trabajado mucho por la logia, y ayudarlo en cumplir con el deber que aceptaron no era una carga. Más aun, era una tarea para la logia. Ricardo, ni siquiera consideró que Santiago se aprovechaba de él o que Santiago le podría robar el crédito. Eso no lo hacen los 'hermanos de logia'. Mucho menos consideró que Santiago sería deshonesto con los fondos de la logia. Un hermano de tanta experiencia y grados en la logia jamás los arriesgaría.

-Sabes qué, este presupuesto está muy bien hecho. Aun así, no has incluido una partida para nuestros gastos... gasolina, comida y todos esos costos de hacer este proyecto.

Ricardo no entendía a Santiago. Pensó que simplemente esos gastos serían absorbidos por ellos. Como parte del trabajo que le estaban dando a la logia.

-Vamos, hijo, que las cosas están malas. Además, la logia tiene dinero. Que nos paguen la gasolina y la comida. Eso es nada con todo el trabajo que estamos haciendo por ella.

Ricardo terminó por ceder a la sabiduría y experiencia de Santiago. Así que Santiago tomaría todos los planes, propuestas y presupuestos diseñados por Ricardo y los modificaría para incluir una partida especial para sus gastos.

Los números no miente, son las personas quienes los pueden usar para mentir. Son las personas quienes acomodan los números para presentar la realidad que ellos desean mostrar. Pero hay personas que conocen los números tan íntimamente que les hablan de cuál es la verdad que otros tratan ofuscar.

El gran enemigo de Santiago, quien lo expuso al ridículo en una de las reuniones de los Grados Superiores, era uno de esos que tenían una relación pecaminosa con los números... especialmente cuando tenía que ver con auditorías.

Así que en una fortuita visita a la logia *Igni Aquila*, e inoportuna para Santiago y Ricardo, Jeremías escuchó la lectura de los planes, propuestas y presupuestos. Los cuales a cualquier otro hermano le hubiera parecido muy sensatos. Menos a Jeremías, quien permaneció callado... esa no era su logia. Los planes, propuestas y presupuestos fueron aprobados por unanimidad. La logia estaba en buenas manos con Santiago y Ricardo a cargo del proyecto de restauración.

Al pasar el tiempo la voz interna de Jeremías, su conciencia, o su demonio, le acordó que todo no estaba bien.

-Deberías revisar esos números, no me cuadran.

De manera concreta y precisa le dijo Jeremías al Maestro de la Respetable Logia *Igni Aquila*... la logia de Santiago. Ese breve mensaje tuvo grandes repercusiones para Santiago y grandes consecuencias para Ricardo.

Más tiempo transcurrió. El Maestro de Logia no le dio gran importancia a las palabras de Jeremías. Él sabía del altercado con Santiago. Sus palabras podrían ser las de una persona que quería hacerle daño a su contrincante. Aun así, esa voz interna, la conciencia, o su demonio, le creaba la duda al Maestro de Logia. Duda que lo puso a pensar y a repasar las acciones de Santiago... y de todos esos planes, propuestas y presupuestos que había hecho en el pasado.

-Hermano tesorero, necesito que verifique los
   presupuestos.

Le ordenó el Maestro de la logia de Santiago a su tesorero. Con instrucciones explícitas de ejercer *precaución* en esa faena. Nadie debía enterarse de lo que podría suceder. Verificar los libros de una logia era un asunto en el extremo delicado y podía repercutir en el liderato del Maestro de Logia si nada se descubriera.

-Santiago, tenemos que hablar.

-Revisé el presupuesto de la restauración de la logia... Se
   sobregiraron miles de dólares. Los números no cuadran
   entre lo que la logia pagó y lo que recibió el contratista...
   y el costo de los materiales.

-Además hay una alegación de soborno del contratista.

-Yo no sé nada... yo confié en Ricardo, él fue el que hizo todo... yo estaba muy enfermo y verdaderamente no participé activamente del proyecto... pero no dije nada porque no le quería fallar a la logia...

Padre e Hija

-Papa, tengo que hablar contigo.

La dulce voz de Aimé le pedía la atención de su padre. Santiago no mostró su molestia a la intromisión de su hija. Si algo, sus ojos reflejaban indiferencia. Este iba a ser uno de los días más importantes en su vida. Le había costado mucho esfuerzo lograrlo. Hoy sería el día en que una nueva logia seria instaurada.

Estatutariamente no era una nueva logia. Ya que esta logia había cerrado sus puertas hacia más de 50 años. Esta era una logia que se estaba reactivando. Lo cual se hacía por las insistencias, casi al punto de la impertinencia, de Santiago. Además de ser un favor personal a Santiago del saliente Muy Respetable e Ilustre Gran Maestro.

En esta nueva logia él sería la persona más importante. No habría otros Ex Maestros de Logia que lo fiscalizaran o increparan. No habría personas que se acercaran a su alta jerarquía u otros miembros del Gran Orienta Nacional y Soberano. No habría nada del pasado que lo pudiera tocar o afectar. 'Las logias son autónomas', pensaba Santiago con el perverso placer de alguien que se deleitaba en el mal.

Más importante esta sería su logia. Ya que sólo los hermanos que él recomendó, eran los que conformaban su matrícula. Esta sería la logia en la cual una eterna primavera siempre le sonreiría a Santiago… no importaba lo que hubiera hecho… ni lo que él habría de hacer…

Su amada hija, la esposa de un espurrio. De una persona que había sido declarada profana a la logia, estaba frente a él pidiendo su atención. La impertinencia de irrumpir en uno de sus días de gloria.

Más, Santiago ya sabía que era lo que ella le iba a pedir y cuál sería su respuesta.

-Papi por favor.

Le dijo Aimé a la vez que le tomaba la mano de su padre en suplica.

-Ricardo te ama, te admira. Tú y la logia son todo para él.

Le dolió muy profundo a Aimé decir esas palabras. Desde un principio ella tuvo que competir por el amor de Ricardo. Él amaba su padre y a la logia. Sabía que para Ricardo ella no era lo más importante. Eso le dolía, pero lo aceptó. Consintió en que tendría que compartir el amor de su esposo con su padre. Sabía que tendría que compartir el amor con una ingrata institución que le había robado el amor de su padre.

Más le dolía ver como Ricardo sufría por no ser parte de la logia. Sufrimiento que no era merecido. Ella era un testigo silente de como Ricardo había sacrifico a su familia por la logia. Ella era la estatua de sal que miraba en la distancia a su esposo y su padre excluir a toda una familia por una logia. Ahora como el bagazo que describió Abelardo, se deshacían de Ricardo.

-Padre por favor.

Le decía Aimé cuando Santiago bruscamente liberó su mano del suplicante agarre de su hija.

El dolor era mayor porque Ricardo no había hecho nada malo. Nada verdaderamente erróneo. Sólo confiar en la persona que más amaba. En quien se había convertido en una figura paternal. En el mentor que era la imagen de lo que él quería hacer.

-Papi, por qué estás haciendo esto. Ricardo no se lo
merece.

Ricardo había sido expulsado de la logia. No una suspensión o alguna otra sanción. Ricardo había sido separado permanentemente de todas las logias del país. Hasta el Muy Respetable e Ilustre Gran Maestro había publicado un decreto para hacerlo final y firme.

Nadie lo escuchó. Nadie lo ayudó. 'Eso es el amor entre hermanos' pensó en desesperante agonía Aimé al ver como destruían a su esposo.

Santiago no intervino por Ricardo. Dijo nada. Permaneció en silencio y pidió que se le excusara por 'no poder ser objetivo ante los crímenes de su yerno'. El silencio cómplice de los culpables. El silencio cómplice de los cobardes.

-Papa...

Con las influencias que Santiago tenía en la logia él podía lograr que Ricardo fuera absuelto. Por lo menos que se le diera clemencia. Pero entonces Ricardo podría decir la verdad de lo que sucedió. Podría buscar los oídos de personas sensatas que vieran la evidencia con ojos críticos. Personas que investigaran la situación a fondo. Santiago no lo permitiría.

-Todo fue culpa de Ricardo...

-Si, por confiar en ti.

Le dijo su amada hija en forma de inefectivo reproche... No tuvo efecto en Santiago. Este era un día de gloria para él, nada lo iba a perturbar. Menos los lloriqueos de su hija por una persona que ya no era su hermano... ya no era su hijo.

Santiago tenía cosas más importantes que atender... la instalación de su logia. Sin titubeos le dio la espalda a su hija. Con el pecho hinchado del orgullo de la persona que lograba sus metas, Santiago se dirigió al templo para ser instalado como Maestro de Logia... de su logia. Siempre mirando adelante nunca miró a la hija que dejó atrás.

Al sentarse en el Trono de la Logia se dijo,

-Después de esta logia, sólo me queda un paso más... ser instalado como Muy Respetable Venerabilísimo, Ilustrísimo e Infalible Gran Maestro.

La Diatriba de un Hijo

Santiago es un ser despreciable.

Que te puedo decir de él. Durante muchos años él se hizo la mosquita muerta, una ovejita que venía a la logia a supuestamente servir.

Te daré un ejemplo, él, como parte de los Grados Superiores, se hizo cargo de los proyectos de filantropía que hacían. De entrada recibió un gran título. Algo así como el Más Digno y Abnegado Director de Ayuda a las Personas que más lo Necesitan. O alguna bobada como esa. Los que van a las logias le gustan todos esos títulos rimbombantes.

La verdad es que Santiago no fue un buen director. La verificable realidad es, que durante su tiempo como director, las filantropías no rindieron los frutos que se esperaban de ellas. Simplemente funcionaban dentro de los paramentos esperados.

Pero a Santiago si le dio muchos frutos. ¿Cómo así dirás? Cómo alguien que fracaso en la administración de la filantropía obtendría frutos.

Si estás pensando en que Santiago se quedó con dinero, estás equivocado. Porque verdaderamente Santiago no robo dinero. En las Filantropías hay un Junta que supervisa muy bien los fondos. Por lo cual esa oportunidad nunca estuvo presente.

Ahora, por mediocre que fuera Santiago, él era el director. Y como director tenía gran exposición. Si el Muy Respetable e

Ilustre Gran Maestro mencionada las filantropías, tenía que mencionar a su director. Parecería que Santiago de verdad estaba trabajando.

En ese *parecer* a Santiago se le otorgó el Grado más Alto de las Logias. El grado que nadie puede pedir. Donde nunca podrás decir 'yo quiero', aunque tus acciones griten 'yo quiero'. Porque si lo dices se te negará por siempre. Porque se supone que solamente se le da a las personas que más hayan trabajado, no sólo por su logia, sino por todas las logias. ¿Quién puede trabajar más que el director de las filantrópicas?

Cuando a Santiago se le dio el Grado más Alto de las Logias, esto le abrió las puertas a las oportunidades para lo que eran ambiciones *políticas*.

Te diré más... Cuando Santiago obtuvo el Grado más Alto de la Logias, ya no necesita continuar siendo el Director de las Filantropías. Así que espero un tiempo prudente y renunció a esa posición. Dijo que ya no podía seguir trabajando en las Filantropías porque tenía una serie de situaciones familiares que tenía que atender. Además mencionó algo de su salud, sólo para asegurarse que no lo pudieran acusar de ser un aprovechado...

Luego de dejar la posición de director de las filantropías fue nombrado como Director de los Grados Superiores del Capitulo Norte. Allí, en el más importe de todos los Capítulos de los Grados Superiores, es que Santiago logró desarrollar una base de 'hermanos' que lo iban a apoyar en sus aspiraciones políticas.

Todo a pesar que no era muy bueno como director, o muy conocedor de los aspectos filosóficos de las logias, esos inversionistas políticos, disfrazados de hermanos, lo apoyaron.

Así, este despreciable personaje, utilizó a las personas más necesitadas como escalón para convertirse en el Muy Respetable e Ilustre Gran Maestro...

AMADO

O**TRO** D**ISCÍPULO** A**MADO**

Jeremías Martell

El Futuro de la Fraternidad 1.0

¿Qué si conozco a Amado? Claro que lo conozco... ese es un cabrón... él es fraterno en la Alfa Omega... ¿y te dije que es un cabrón?

Tú sabes de esa fraternidad. No, qué raro esa gente son súper famosas. Es más tienes que saber de ella. Porque Amado es el perfecto fraterno de la alfaomega. Te voy a contar...

No sé si sabes del 'estilo' de las fraternidades. Y el estilo de la alfaomega es sencillo: Empiezan enfocados al servicio de la comunidad. Pero terminan bebiendo y clavando a las *sororas*. Vuelven a la comunidad un ratito, para que el capítulo se pueda ganar la Copa del Año en la convención anual. Donde también se bebe y se clavan *sororas*...

Durante la convención, en alguno de los tres días, cuando no están bebiendo y clavando *sororas*, se lleva a cabo la asamblea para escoger y votar por dos o tres puestos. Además de juramentar al próximo presidente...

En las reuniones de los capítulos se conocen de diferentes chismes de los fraternos y demás hombres que se llaman 'hermanos'. Pero están dispuestos a pelear y algunos son capaces de quitarle la esposa al padrino de hijo de su mejor amigo y fraterno... para después casarse con ella... y lo que falta... y lo que falta...

Pero nada, la alfaomega tiene el lema "Somos el Principio de la Familia Griega". Pero las demás fraternidades decimos que ellos son "el principio y el *final* de la familia griega". Son tan famosos que la gente se cree que ellos son la única fraternidad...

Una vez escuché a unos alfaomegas decir que los 7 Puntos de la Fraternidad Alfa Omega son: Alcohol, Chismes, Sexo, Drogas, Trifulcas, Orgullo y Colores...

Todas la fraternidades, por porquerías que sean, son súper orgullosas... y créeme no hay gente más orgullosa que los alfaomega. No sé cómo lo logran, pero esa fraternidad tiene los peores fraternos de cualquier fraternidad... y aún sigue en pie. Es raro.

Pero nada, te cuento de Amado, y voy directo a la pendejá. El tipo es bisexual y le encanta las drogas.

Sé que no lo parece y que tiene una novia que está bien buena. Y que el cabrón parece un niñito de su casa que va a la iglesia y todas esas putadas. De paso de que es un bonitillo, lo es. y tiene buen gusto en la ropa y siempre esta *acicala'o* hasta más no poder.

Aun así... en las pasadas dos convenciones pasaron unas pendejaces que, y creo yo, todo el mundo se enteró...

De paso, sabes que el carbón maltrata a su novia... yo no lo he visto. Pero hay *sororas* que dicen que han visto sus peleas. Y que le han visto los moretones. Pero, como ella está *enamora'a* de él... que se joda... ¿Quién le dice algo?

Pues, como sea, todos saben que en la universidad el cabrón fuma marihuana con el grupito que se reúne detrás del centro de estudiantes. El alcohol ni lo menciono, ser fraterno es amar el alcohol.

Pero cuando Amado sale con sus fraternos más cercamos se mete coca. En la antepasada convención, además de que le montó los cuernos a su novia con una *sorora*, que estaba bien gorda y fea, cogieron al *cabroncito* aspirando coca como demente. Hasta lo tuvieron que parar porque creían que se iba a matar con una sobredosis...

Se veía patético, lo tuvieron que llevar a su habitación... y la pobre novia limpiándole los vómitos y el culo *caga'o*.

La cosa es que cuando mezcla la coca con el alcohol le sale lo de *pato*. Todo el mundo lo coge a chiste. Hasta la jeva se ríe de sus *paterias*. Pero en la última convención cogieron al cabrón desnudo en un cuarto besándose con otro fraterno, y no eran besitos en el cachete. Era un beso de lengua. Los alfaomega se quedaron *pasma'o*... y yo creo que el cabrón estaba tan *vola'o* que ni cuenta se dio... dicen que hay fotos por ahí de esa noche...

De él fumando *yerba* y bebiendo hay un montón en el internet...

Que más te puedo decir... no confíes en él...

Porque es de los cabrones que se la pasa tirándole a los homosexuales... diciendo que son unos *mierdas* que eso es una aberración... que hay que quitarle los derechos...

Es más, mira si es *hijo'e'puta* que dice que las drogas son malas... y se pasa delatando a los que usan drogas... ¿Quieres saber más?

Que va hacer lo mismo en la logia...

El Futuro de la Fraternidad 2.0

Amado miraba a Héctor en la distancia. Se percató de su presencia tan pronto Héctor entró al templo de la logia. El caminar de Héctor era muy particular. A pesar que era un joven adulto, caminada con la seguridad de todo un hombre. Eso le atraía grandemente a Amado, el Presidente del Capítulo de la Orden Juvenil de la Muy Respetable e Inmaculada Logia Hijos de la Lucerna del Alba. Esta vez su caminar era aún más varonil. Era el caminar de una persona decidida a confrontar la situación que le afecta.

El corazón de Amado comenzó a palpitar rápidamente.

Amado estaba seguro que en el vestíbulo, Ramona le había dicho a Héctor que no podía 'correr' para Presidente del Capítulo. Podía ver en sus oscuros ojos su furia. Esos ojos embelesarían a Amado, pero no está ves. Había una meta que cumplir.

-¿Cómo que no puedo correr para Presidente?

Demando una respuesta Héctor.

-Está atrasado 2 meses en las cuotas. Como no ha
    pagado, no puedes correr para el puesto… ni votar en las
    elecciones.

Amado le respondió de la forma ensayada que le habían dicho. Fracasando en mantener una falsa formalidad.

-¿Qué?

Comenzó a preguntar Héctor. Quien fue cortado de manera tajante por Sebastiana. Ella sabía lo que iba a suceder y se había preparado para ello.

-Hermanito, esas no son formas de comportase en el
    templo.

Le reclamó Sebastiana con toda la intensión de humillar y aplacar a Héctor. Sebastiana ya había decidido que sólo Amado era digno de ser el Presidente del Capítulo de la Orden Juvenil. Ya los demás jóvenes habían sido advertidos de lo que tenían que hacer. De cómo votar, o por lo menos eso se había *cuadra'o* con la mayoría de los que, gracias a Arístides, les 'habían fallado'. Quienes deberían convencer a los demás jóvenes de votar por Amado.

Pero había otro grupo que no sería tan fácil de poner en orden. Sebastiana no se podía arriesgar a que Héctor fuera el Presidente del Capítulo. Ya la sangre de Héctor estaba manchada por las acciones de su padre.

El padre se había opuesto a Arístides. Quien no tuvo más remedio que maquinar su destrucción. Ahora lo mismo le pasaría al hijo. 'Que su sangre este en nosotros, que nuestros hijos paguen', le dijo Ramona a Amado mal citando a la Sagrada Biblia.

-Es que tú sabes que se puede pagar hoy mismo y puedo
    correr para el puesto que me dé la gana.

Le informó correctamente Héctor a Amado. La voz de barítono, casi bordeando en bajo, hubiera desarmado a Amado. Pero esa melodía no lo descarrilaría del plan.

-¿Dónde está escrito eso?

Calmadamente le contestó Amado, en plena confianza que nadie lo apoyaría en citar el reglamento. Además, en la logia no se encontraría reglamento alguno para que Héctor pudiera defender su caso.

-No ha pagado. Por lo que no puede, ni siquiera votar.

Le comentó en un tono burlón Ramona a Héctor.

-Si quieres puedes presentar una queja ante el Muy Respetable e Ilustre Gran Maestro... pero recuerda las logias son autónomas.

Completó Sebastiana en la burla.

-Sí, cuando les conviene...

Contestó Héctor mientras tomaba violentamente a Amado por la barata corbata que utilizaba para ir a la logia. Acercándolo de manera vertiginosa a su cuerpo.

-Eres un traidor...

Le dijo a Amado al oído antes de empujarlo al Trono de la Logia. La voz vibró en sus oídos, y tener a Héctor tan cerca lo único que logró fue despertar su libido. 'Así es que actúa un hombre de verdad', pensó Amado.

Todo sucedió tan rápido que a nadie, que no fuera amigo de Héctor, le dio tiempo de reaccionar. Ramona y Sebastiana quienes fueron a socorrer al Digno Presidente del Capítulo. De inmediato la indignación de Sebastiana y Ramona se manifestó en amenazas de expulsión a Héctor. Los que aún eran los hermanos de Héctor se levantaron para acompáñalo, y defenderlo si fuera necesario, los demás jóvenes sólo miraron.

Cuando Amado recompuso, Héctor ya estaba a mitad del templo dirigiéndose a la puerta. Mirándolos con desprecio, Hector le respondió a las amenazas de las viejas 'dueñas de la logia'.

-Se pueden ir todos al carajo... quédense que el mariquita tecato ese... se lo merecen todos...

Dándose la vuelta, Héctor se dirigió a la puerta de templo con la furia de mil demonios en su alma. Ramona, Sebastiana y Amado sabían que Héctor jamás volvería a esa logia. Ramona y Sebastiana se habían desecho del padre y el hijo...

Mal sentado en el Trono de la Logia, el que ahora era su trono, Amado sólo podía admirar la amplia espalda y carnosas nalgas de Héctor... y soñar...

El Futuro de la Fraternidad 2.2

Ramona y Sebastiana se sentían muy orgullosas. Su germen se ha perpetuado en el Capítulo de la Orden Juvenil de la Muy Respetable e Inmaculada Logia Hijos de la Lucerna del Alba. Ellas se han asegurado que su obra continúe en los futuros hermanos de la logia. La forma en que Amado advino al poder es digna de la admiración de cualquiera, y de todos, y muy en especial de los 'dueños de la logia'.

Las habilidades de Amado lo hacían un prodigio entre los más jóvenes hermanos de la logia. Inclusive su forma de actual le podría retar a los 'dueños de la logia'.

-Con lo temprano que comenzó, sobrepasará a Arístides.

Le comentó muy orgullosa Ramona a Sebastiana. Quien brillaba de orgullo por su 'hermanito'.

-Verás que en 10 años Amado será el Muy Respetable e Ilustre Gran Maestro.

Pronosticaba Sebastiana.

-Eso es si no se descarrila.

Advirtió Ramona.

-No te preocupes estaremos hay para guiarlo.

Le aseguró Sebastiana.

La conversación de 'madres orgullosas de sus hijos' terminó abruptamente con el *malletazo* que dio Arístides. Quien en forma similar a Amado advino al poder de la Muy Respetable e Inmaculada Logia Hijos de la Lucerna del Alba. La ceremonia de instalación como Gran Canciller de la Orden Juvenil para todo el país estaba a punto de concluir. El Muy Respetable e Ilustre Gran Maestro Santiago investiría a Amado con el poder homólogo al de él, entre los jóvenes de la logia, al ponerle el collarín de su puesto.

Cuando ese collarín colgó sobre sus hombros, Ramona y Sebastiana se agarraron de manos. La emoción era casi insoportable. Ellas lloraron de orgullo cuando al final de la instalación Arístides le dio un abrazo fraternal a Amado. En esa acción veían dos generación de hermanos, quienes habían aprendido todo lo que ellas le podían enseñar... Ramona y Sebastiana perdurarían por siempre.

DAVID

EL ÚLTIMO HERMANO

Yo, Perduraré

Domingo 16 de enero.

-Maestro, todo está listo para comenzar, cuando así usted lo ordene.

Anunció, como el militar que fue en su lejana juventud, el Maestro de Ceremonias Roberto. Hoy sería el cambio de mando en la logia y estaba llena de hermanos, familiares y amigos. El anuncio, más que al Maestro de Logia David, a quien siempre se le debía dirigir cuando la logia estaba trabajando, se hizo para todos los hermanos y asistentes en la logia. Especialmente los que esperaban, con disimulada desesperación, ser instalados en las posiciones para las que habían sido elegidos o nombrados.

Los perros habían olido la sangre del falso poder que era controlar una logia.

El Maestro de Logia David sentía gran desprecio por esas personas. A las que en algún momento, llamó hermanos. Desde la altura del Trono de la Logia, David podía ver en sus caras a un populacho hambriento de ser aludidos por sus 'altas posiciones en la logia'. Parecían ser profanos a los ideales fraternales de la logia. 'Profanos con regalías', se dijo a sí mismo en plena decepción.

Los perros ya salivaban con la idea del poder que habían hurtado.

David estaba solo en esa logia. Sus hermanos de iniciación ya no eran parte de la Muy Respetable e Inmaculada Logia Hijos de la Lucerna del Alba. Benjamín y Rubén simplemente dejaron de ir a la logia. Jeremías se había transferido a otra logia. Tal vez Benjamín y Rubén eran los verdaderamente inteligentes en no estar asociados con la logia, y Jeremías un poco menos inteligente por únicamente haberse transferido.

Por extraño que pareciera, Jeremías se había convertido en un gran amigo de David. Ellos eran diametralmente diferentes en creencias políticas, religiosas y sociales. Sin embargo, Jeremías era el único que siempre estuvo presente cuando David lo necesitó. Fue él quien lo apoyó en todos sus proyectos para hacer florecer a la logia.

Mientras Sebastiana decía que estaba muy ocupada con problemas familiares; mientras Arístides decía que estaba muy ocupado en su negocio; y, mientras Ramona sólo miraba desde la sombra con cerveza en mano (porque estaba muy vieja para trabajar), Jeremías haló 'pico y pala' con David para restaurar la logia.

La mezquindad de esos tres personajes era más que aparente a David. Una vez que el verdadero trabajo terminó Sebastiana y Ramona regresaron a dar instrucciones. Mágica, y muy oportunamente, ya no había problemas familiares, y los achaques de la vejez desaparecieron. Ellos regresaron a retomar el poder de la logia. En su regresó comenzó la lucha por el control de la logia. El primer paso de Ramona y Sebastiana fue comprar la lealtad de Arístides (quien hasta ese momento esta tibio en sus lealtades a cualquier persona que no fuera él). En ese momento Arístides logró resolver todos los problemas en su negocio.

Luego ese triunvirato de traidores tenían que socavar el apoyo a David.

Los perros estaban en búsqueda del poder.

-Tú no entiendes que esa gente no te quiere allí.

Le decía recriminatoriamente el Viejo Marcos a Jeremías. Luego de Miguel, ese viejo era el más arduo de los colaboradores de Ramona y Sebastiana en la traición a la Respetable Logia Jerusalén. Haciéndole caso al Viejo Marcos, Jeremías dejó de asistir a las reuniones de la Muy Respetable e Inmaculada Logia Hijos de la Lucerna del Alba. Sin embargo en desobediencia al Viejo Marcos, en búsqueda de ironía o venganza, Jeremías siguió ayudando a David fuera de las reuniones.

Fue el diseño y adquisición de un alfiler de solapa que fuera distintivo de la Muy Respetable e Inmaculada Logia Hijos de la Lucerna del Alba, el proyecto que más le interesó a Jeremías. Bajo las instrucciones de David, realizó el diseño a las especificaciones de éste. Logró los contactos y hasta hizo la inversión original. Jeremías se regocijaba en pensar que en su pecho, cerca de su corazón, cada miembro de la Muy Respetable e Inmaculada Logia Hijos de la Lucerna del Alba estaría utilizando un artefacto realizado por una de las personas que ellos más detestaban. Que seguirían utilizando el alfiler de solapa que les dio el Maestro de Logia que ellos no querían.

Para continuar socavando el apoyo a David en la logia, Sebastiana, Ramona y Arístides comenzaron a aislarlo de los hermanos más jóvenes. 'David no es un buen hermano', 'no es un buen Maestro de Logia', 'es un dictador', 'esos no son formas de logia', les decía el triunvirato del chisme a todos en la logia. Pero en voz baja y al oído, con la esperanza de crear garatas que destronaran a su Maestro de Logia.

Hasta presentaron lo que fue su acto de humildad como un acto de rebeldía a la tradición de la Muy Respetable e Inmaculada Logia Hijos de la Lucerna del Alba. Por estar sentado en el Trono de la Logia se le permitía ostentar un título más rimbombante que el de *Maestro de Logia*. En su año como el líder de la logia prefirió utilizar uno más simple. A Ramona y Sebastiana no le agradó esa decisión. Su logia era en exceso distinguida como para utilizar un título tan simple. Peor aún, ese era el mismo título que utilizaban en la detestada logia... Jerusalén.

El Maestro de Logia David estaba listo para entregar el mallete a su sucesor. El sudor en la frente de Arístides delataba la desesperación por tener ese mallete y el control de la logia. En sus falsas sonrisas de aprobación Ramona y Sebastiana se mostraban igual de exasperadas por la espera para el cambio de mando.

David había realizado su propia investigación para descubrir la verdad y estar preparado. Jeremías le había dado la voz de alerta que desembocó su odio hacia esas personas.

Siguiendo esa tradición de las logias en el uso excesivo de las bebidas embriagantes, dos semanas antes del pase de mando en Muy Respetable e Inmaculada Logia Hijos de la Lucerna del Alba, Jeremías estaba con los hermanos de la Respetable Logia Jerusalén en una barra. Cuando un borracho Arístides irrumpió en ese sagrado recinto.

-¡Hermanos!

Dijo de la forma arrastrada en la que los intoxicados hablan. Tirando su brazo por encima del hombro de Jeremías comenzó a saludar a todos los hermanos de la Respetable Logia Jerusalén. Muchos reían de las idioteces que Arístides decía. Reír era lo único que se podía hacer ante tal borracho. Otros reían por la expresión de incomodidad de Jeremías a la presencia de Arístides.

-Hermano, tenemos que hablar... usted es bien amigo de David.

Nadie de la Respetable Logia Jerusalén tenia, ni siquiera una pisca, de respeto por es Arístides (excepto por los traidores Miguel el fratricida, el Viejo Marcos y el buscón Lizardo).

La forma en que Arístides se estaba comportando, tocando y empujado, era extremadamente molesto para Jeremías. Sin embargo fue el derrame de ese líquido sagrado, la cerveza, lo que más molestó a Jeremías. Las idioteces que estaba diciendo Arístides no le interesaban a Jeremías. Estas eran las confesiones de alguien que se sentía culpable por todo lo que había hecho en la logia y a David.

La confesión de un borracho sobre su traición a su mentor y la que haría contra su 'hermano de iniciación', no le interesaba a Jeremías. Él sabía que la próxima mañana Arístides negaría todo y seguiría siendo la horrible persona que era. Con un sentido de alivio de la culpa porque lo había admitido todo a alguien que nadie creería si lo repitiera. Jeremías lo reconocía como tal.

Sin embargo fue un comentario sobre lo que David había ganado y construido lo que enfureció y captó la atención de Jeremías. Como un borracho amargado Arístides dijo,

-David no ha hecho nada por la logia. Sabrás que yo le podría regalar su regalía de Ex Maestro de Logia. Pero no me da la gana... Él fue un dictador... él no nos obedeció...

Arístides intentó justificar sus acciones. Explicaciones que no le interesaron a Jeremías, ya había escuchado suficiente y soportado más de lo que la hermandad hubiera requerido. Su furia ante tal vil hermano no le dejó pensar correctamente. Y cometió el pecado que Arístides, Ramona y Sebastiana tanto amaban y se deleitaban en cometer, llamó a David esa misma noche para infórmale de lo que esa sabandija pensaba.

'Malagradecidos' murmuró David.

Si había algo que molestaba a David fue que Ramona, testigo de todos los sacrificios que él y su familia hicieron por la logia, ahora actuara como si él fuera el peor Maestro de Logia en la torcida historia de esa logia.

Durante el año en que David estuvo sentado en el Trono de la Muy Respetable e Inmaculada Logia Hijos de la Lucerna del Alba floreció bajo su nuevo orden. Los hermanos de esta logia estaban acostumbrados a la mediocridad. A vivir en la mugre y la suciedad. Bajo la dirección de Ramona y Sebastiana la logia nunca progresó.

Fue David quien comenzó a cambiar las actitudes de la logia. Tomando el control, como debía hacer un Maestro de Logia. Hizo lo que antes nunca se había hecho. Desarrolló un plan de trabajo para su año, redactó una serie de propuestas y estableció un presupuesto. Pero lo hizo sin consultar a los 'dueños de la logia'. Quienes se indignaron, porque, aunque fueran unos fracasados en todos los aspectos de su vida fuera de la loga, allí ellas eran importantes.

Cuando Ramona y Sebastiana comenzaron a sabotearle las actividades, primero con una actitud de brazos caídos, y luego activamente alentando a la desobediencia en los 'hermanos' más jóvenes, David trajo a sus refuerzos. Cuando se vio solo en la logia, él hizo un llamado a hermanos de otras logias y ellos lo ayudaron cuando los hermanos de su logia le dieron la espalda. Su esposa y sus hijas vinieron a trabajar en la logia y Jeremías trajo a sus sobrinos y a algunos hermanos de la Respetable Logia Jerusalén para ayudar a su hermano de iniciación.

Tal vez, fue la vergüenza de ver que unas mujeres quienes (no eran parte de la logia) y estaban haciendo por su logia lo que los hermanos no hacían, lo que motivó a varios de los hermanos más jóvenes a romper filas con Ramona y Sebastiana y trabajaran en la logia.

Los perros odiaban a David.

Bajo el liderato de David, comenzaron por limpiar la logia. Sacaron cientos de libras de basura y trapearon los pisos hasta que la mugre que se había acumulado por décadas fue removida. Hasta rescataron documentos históricos que Ramona y Sebastiana querían destruir por ser 'basura'. Prepararon una logia para poder operar. Para ser un lugar al cual las personas quisieran estar y permanecer.

David tuvo que invertir miles de dólares de su *pecunio* personal (ya que Sebastiana no quería utilizar los fondos de la logia) en reparaciones y el equipo necesario para poder funcionar. Hasta comenzó a rectificar la documentación de la logia, porque estaba delincuente ante el gobierno de la ciudad.

Inclusive costeó varias actividades. Sebastiana continuaba oponiéndose al uso de los fondos de la logia, para reactivar el interés del público en la logia.

Nadie de esa vieja guardia, y los que fueron contaminados por ella, quiso trabajar por mejorar. Pero los perros podían oler a una jugosa víctima. Esos perros sabían que la logia estaba en mejor condición y la codiciaban. Así que continuaron sus maquinaciones, esas bestias rabiosas sabían que eventualmente David dejaría el Trono de la Logia. Así que esos perros esperaron y maquinaron.

Su paciencia y todas sus maquinaciones los han llevado a este momento. Cuando el Maestro de Logia David le daría el control de una logia renovada a los que se creían los dueños. Los mismo que lo único que lograron fue dirigirla a la desgracia. David sabía que harían todo lo posible para borrar su recuerdo. Muy convenientemente, las minutas y las actas del año en que fue Maestro de Logia se le habían 'perdido' a Ramona.

Ramona y Sebastiana hicieron lo mismo con Juan Leonardo de la Torre. Luego que le exprimieron todo el dinero que pudieron, luego lo enviaron al exilio y ahora era el fantasma culpable de todo lo malo que sucedía en la logia. Pero David sabía que el perduraría en la logia.

Él sabía que Arístides era un líder ineficiente. Sabía que Sebastiana y Ramona eran demasiado perezosas para poder hacer algo de envergadura. David tenía el pleno conocimiento que ese triunvirato de ineptos sólo continuaría lo que él había hecho; que el único talento que esas personas tenían era el de robar la gloria de otros; que seguirían usando el alfiler de solapa y el nuevo Sello de la Logia que él diseñó y adquirió; que las facilidades que él habilitó y todos sus planes y equipos serían los que ellos utilizarían. Todo sería construido sobre la zapata que David estableció.

Gracias a la falta de talento y extrema pereza de esas tres personas, David garantizaba que su legado continuaría presente en la Muy Respetable e Inmaculada Logia Hijos de la Lucerna del Alba, aunque su nombre no se mencionara.

-Este mallete es el símbolo de autoridad del Maestro de Logia. Con el dirigirá los destinos de esta logia. Se lo entrego, como lo recibí, limpio, puro y sin manchas...

Con esas palabras, David entregó la logia a la perdición.

Los perros estaban rebosantes.

Dejando el Trono de la Logia, Arístides tropezó con David. En su prisa por asumir el puesto ni siquiera le dio el espacio a David para que abandonara el Trono de la Logia. En efecto Arístides casi tira al recién Ex Maestro de Logia David al suelo.

Utilizando el petulante título que David había rechazado, el Maestro de Ceremonias Roberto preguntó,

-Muy Respetable, Venerable e Inviolable Maestro, ¿Cuáles son sus órdenes?

Arístides no tuvo tiempo para responder porque la vos de una mujer pidió que se le escuchara... La esposa de David quería hablar en la logia. Titubeando, y esperando el permiso de Sebastiana y Ramona, Arístides le permitió el uso de la palabra a la esposa de David.

-He procurado para mi esposo su regalía de Ex Maestro de Logia. Me sospechaba que no la tendrían lista. Sabrán que vi a mi esposo trabajar mucho por esta logia. Yo y mis hijas trabajamos por esta logia. Sus amigos trabajaron por esta logia. Lo único que le tengo que decir a ustedes es que traidores *podrán quitarle a un general su ejército, pero no a un hombre su voluntad.*

El incómodo silencio se apoderó de la logia. Nadie habló o hizo sonido. El triunvirato de los traidores se mantuvo inmóvil de la furia. 'Cómo esta mujer se atreve a manchar mi momento de gloria', maldecía en su mente Arístides.

Por unos instantes la atención regresó al Venerable Hermano David. La Ceremonia de Imposición de la Regalía se efectuó por los oficiales del Gran Oriente Nacional y Soberano. Otras logias le traían regalos y le daban loas por su excelente labor. Todo se convirtió de una simple 'paso de mando' a un homenaje.

A Arístides le habían arrebato su momento.

-Muy Respetable, Venerable e Inviolable Maestro, ¿Cuáles son *sus* órdenes?

Volvió a preguntar el sagaz Maestro de Ceremonias Roberto para romper el hechizo de la esposa.

Olvidando su indignación por la impertinencia de la esposa de alguien que sería olvidado, Arístides sonrió. Ya que estar sentado en ese trono era la cúspide de todas sus maquinaciones. Así Arístides se disponía a dar su primer comando,

-Hermano Maestro de Ceremonias dispóngase a cerrar la biblia para clausurar logia.

Tocando el mallete con sus dedos, como ineptamente se masturbaría un adolescente cuando descubre el autoerotismo, Arístides se disponía a dar su primer *malletazo*. Símbolo de que era la máxima autoridad de la logia. Símbolo de que la verdadera dictadura en esa logia había comenzado, que la decadencia continuaría. Ahora, quién podría sacar a Arístides de ese trono.

Sentado a la derecha de Arístides, David en prudente silencio, disfrutó al punto del pecado lo próximo que sucedió. Cuando Arístides se disponía a dar ese primer golpe con el mallete, se le escapó de las manos, calló por las gradas del Trono de la Logia y continuó rodando hasta el centro de la logia.

Todos los hermanos se rieron de él... menos Sebastiana y Ramona.

UN FINAL

LA FRATERNIDAD AVANZÓ

Catilinarias Ciceronas: Roman à clef

Jeremías se sentó frente a su computadora. Cerró sus ojos por un instante, inhaló profundamente y exhaló lentamente. Abriendo los ojos comenzó a escribir,

"A la Alabanza del Gran Dios del Universo

"Fraternidad, Fuerza e Igualdad

"Si el odio implacable de vuestro sequito y dignatarios contra el pueblo de las logias y contra mí no me hubiera impedido ir ante el Gran Oriente Nacional y Soberano y hablar allí de lo que concierne a la logia, hubiera yo cumplido ese deber, más que por deber que por gusto. Pero cuando las cohortes sitian el Gran Oriente Nacional y Soberano; cuando no se puede deliberar en ella sino a la vista de las armas y bajo la influencia del terror; cuando sobre el edificio del Gran Oriente Nacional y Soberano ondean vuestros estandartes, inundan del Gran Oriente Nacional y Soberano vuestros sequitos y dignatarios y habéis hecho del edificio del Gran Oriente Nacional y Soberano un fortín; cuando toda las logias se hayan a la merced de esos sequitos y dignatarios que se alistaron para defender las logias y vienen hoy, en compañía de alcahuetes y lacayos, a imponer la servidumbre, yo os abandono el Gran Oriente Nacional y Soberano, el edificio del Gran Oriente Nacional y Soberano, los sagrados templos del Gran Dios del Universo.

"Las circunstancias me obligan, hoy que nuestra logia apenas reconquistada se ve aniquilada nuevamente; hoy el Gran Oriente Nacional y Soberano no se le consulta para ninguna cosa, que ha de consentirlo todo, que todo puede temerlo, a ausentarme del Gran Oriente Nacional y Soberano y aun de la logia. Puesto que si así lo exigen las circunstancias, dentro de pocas horas habré salido de la logia: yo que la salvé para que fuese de hombres libres y de buenas costumbres, no me presto a ver la logia esclava.

"Puede ser que muy pronto deje también la vida, pues si la soporto con todas sus amarguras, es por la esperanza de inmortalizarla haciéndola servir a la logia y a su salvación. Perdida esta esperanza, yo sabré morir haciendo saber que es la fortuna lo que me ha faltado, y no el valor.

"Sabed por otra carta, a la ves señal de un dolor presente y de una injuria pasada, que haré lejos de la logia lo que en la logia no se me permite. Si no puedo ser útil a la logia, a lo menos demostraré mi adhesión a los ideales de la logia.

"Tomo como testigo al Gran Dios del Universo, si no es invocarse temerariamente, cuando sordo a nuestras suplicas, parece que nos deja de su mano; tomo como testigo a la fortuna del pueblo en la logia, esa fortuna que si hoy se muestra adversa, antes nos fue favorable y espero que vuelva a serlo.

"En amor fraternal,

"Jeremías"

Cuando terminó de escribir leyó, y releyó, lo que había escrito. Le hizo docenas de pequeñas correcciones. Hasta consideró añadir,

"¿Quién es el hombre tan desprovisto de humanidad, quien es el mortal bastante enemigo de la gloria y de la salud de la logia, que no se sienta malherido por nuestros desastres o no gima por ellos?

"Porque si enumeramos las calamidades de la logia, todos los males que han caído sobre el pueblo, y comparamos unos con otros esos males desde el primero hasta el último, que día podremos señalar que sea menos desastrosa que la víspera

"¿Qué hora no ha sido para los 'hermanos de logia' más calamitosa que la precedente?

"Santiago, ese hombre tan ambicioso. ¡Lástima que su cordura no sea tanta como su ambición!"

Pero después consideró que sería demasiado melodramático y muy pocos apreciarían su 'poesía'. La mayoría de los 'hermanos de logia' era iletrados funcionales. No por falta de instrucción, sino por las gríngolas de los dogmas de las logia. Así que eliminó esa sección de su escrito.

Habían pasado horas desde que había terminado de escribir. Pero no se decidía que hacer. Agonizaba sobre lo que debía hacer con lo que escribió. Destruirlo sería lo más prudente. Nadie se ofendería y tuvo su catarsis, pero ser prudente no era el lado fuerte de Jeremías. Además esas primeras palabras que vio en un oscura recamara le hacían reflexionar, 'desenmascara al hipócrita'.

'¿Qué hubiera hecho Cícero?', se preguntaba en silencio. Preparó su escrito en formato de carta para enviarlo por correo. Después lo preparó en formato de correo electrónico para enviarlo a toda su lista de 'hermanos de logia'. Mirando la pantalla de su computadora tragó profundamente, mientras su dedo flotaba suavemente sobre la tecla que enviaría su escrito.

¿Qué haría Cicero?

Jeremías en el Oriente

Los hijos, nietos, sobrinos, bisnietos y demás descendientes de Jeremías visitaban su tumba en el aceptado aniversario de su muerte. La familia de Jeremías llevaba 4 generaciones siendo puestas a descansar en el Cementerio Católico de la cuidad. En la generación de Jeremías una tumba estaría vacía, la de él.

Para recordar a los antepasados, los hijos de Jeremías tuvieron la idea de erigir un monumento familiar. En la cual se recordaría a los descendientes Martell, y al mundo, los logros que tuvieron en sus vidas los miembros distinguidos de la familia. Luego de comprar un amplio terreno dentro del Cementerio Católico, Jeremías comenzó la construcción de un parque memorial, dando instrucciones de imitar los diferentes estilos romanos. Un jardín con asientos en mármol, esculturas, una imitación a escala de un foro con su ágora, y árboles de acacia y olivos para dar sombra.

Dos estatuas en acero inoxidable, puestas en pedestales marcaban la entrada. Marte y Venus se miraban y parecían los desatentos guardianes de los desencarnados. Con sus brazos extendidos formaban una especie de arco sobre los que entraban. Sus dedos que casi se tocaban parecerían la representación esculpida de una idea de Miguel Ángel.

A la sombra de estas estas estatuas estaban los restos mortales de los miembros de la familia Martell. Muchos fueron transferidos a ese panteón. Todos fueron colocados alrededor de una columna rota. La pieza central el parque, en la cual habían inscrito el nombre de la familia. En una tarja de acero inoxidable, extrañamente un material muy admirado por Jeremías, se inscribían el nombre Martell y una elegía que perpetuaba los logros más significativos de una larga vida de metas, personales y profesiones, logradas por Jeremías.

Jeremías no tuvo mayor logro que vivir muchos años. Vivir más que, y sobrevivir, a todos sus enemigos. 'Me rehúso a morir, mi muerte alimenta a mis enemigos', solía citar a uno de sus autores favoritos. No hubo funeral al que no asistiera. No hubo funeral al que no diera una carcajada al ver el cuerpo inerte de quien en algún momento fuera un adversario. De más de un funeral fue expulsado. Esto lo único que lograba era que sonriera y se burlara de los asistentes, mientras caminaba o en otras ocasiones era arrastrado hasta a la puerta.

Eventualmente, hasta Jeremías murió. Existía una leyenda familiar que afirmaba que las últimas palabras que Jeremías pronunció, 'Ya no me quedan enemigos'. Nadie jamás sabrá cuales fueron esas palabras, si alguna fue pronunciada.

Para evitar seguir ganando enemigos Jeremías se alejó de las logias... y cualquier otro psicótico grupo esotérico o fraternal. Durante su vida aprendió que ninguno vale la pena.

Que la autorrealización y desarrollo espiritual se logra por sí mismo; y que la hermandad se gana con ser una persona que merece ser un hermano, no por pasar por un teatrito y tomar un vacío juramento sobre un librillo.

Terminó afirmando que todos esos lugares eran circos. Donde lo único que se logra es esclavizar la voluntad humana. Como decía José Antonio Ferrer de los masones, '¿Por qué no eres masón?, porque les conozco demasiado. Porque amo la libertad, y amo a la libertad más que vosotros'. A lo cual sólo se necesitaba cambiar el nombre de la institución esotérica o fraternal y sería lo mismo.

Durante los últimos 30 años de su vida Jeremías se negaba a hablar de su época de prostitución esotérica y fraternal.

Ahora todos los descendientes de Jeremías se reunieron en el mausoleo que conmemoraba su vida. En su típica arrogancia, Jeremías se encargó de establecer un fidecomiso que se encargara de organizar una actividad anual en honor a los antepasados de la familia... y en especial a la de él.

Los niños de la familia correteaban por las tumbas. Jugando lo que los niños juegan en cementerios. Los adultos departían plácidamente en las sombras de los árboles de acacia y olivos. El hijo mayor de Jeremías leería la que fue su poesía favorita. No era una poesía particularmente virtuosa. Jeremías nunca fue un buen poeta. Pero reflejaba lo que fueron sus sentimientos cuando dejó de pulular por las organizaciones esotéricas y fraternales.

Sin anuncio o advertencia, y con una gran sonrisa y falsa voz grave, Amos comenzó a declamar:

"Me arrepiento de haberme creído los ideales de fraternidad.
Todas las acciones que han salido de esta creencia únicamente han traído deshonra y malestar.
Me arrepiento de haberle dado la oportunidad de rectificarse,
de hacer lo que era un verdadero acto fraternal.

"Si cuando descubrí la corrupción,
la malversación,
la falsificación,
no la hubiera perseguido,
sino encubierto y participado,
Todo continuaría dentro de la fraternidad.

"Di la oportunidad para rectificarse.
Fui un hermano... confronté con la verdad.
Di la oportunidad.
Creí la mentira de los ideales de la fraternidad.

"Presenté los hechos...
se desplegaron tergiversaciones... mentiras...
Los ilusos y temerosos las creyeron.
Las mentiras siempre son más convenientes que la
verdad.

"El pago por la traición... la exaltación.
El pago por la integridad... la condenación.
Así se traiciona el ideal de la fraternidad.

"Creímos que con la verdad en la mano sería suficiente.
Pero el que está en un Gran Trono en el Oriente
no le interesa la verdad.
Esa es la naturaleza de su fraternidad.

"Debí mentir, así todos me hubieran creído.
Debí robar, a nadie le hubiera importado.
Debí manipular, todos me hubieran apoyado.
Pero me creí la mentira del amor fraternal.

"Tu moro Aarón, cuánta razón tenías al exclamar,
'si alguna vez hice una buena acción me arrepiento
desde lo más profundo de mi alma'.
Porque la hermandad es una idea,
una mentira y nada más."

Cuando Amos terminó su declamación amables aplausos lo saludaron. Más que por la poesía, por darle agasajo a su pariente.

La mayoría de los adultos tenían alguna copa de vino o vasos con cervezas frías, las que fueron las bebidas favoritas de Jeremías. La comida era simples quesos, jamones, aceitunas y diversos panes, los favoritos de Jeremías. El tordo donde estaba la comida y bebida simulaba la tienda roma de algún cónsul en campaña militar. Los servidores vestían disfraces de ninfas y sátiros. Estatuas de los dioses Baco, Príapo, Trivia, Némesis... y otros favoritos de Jeremías podían apreciarse en todos lados.

-Tu tío abuelo Jeremías siempre nos decía que adoráramos a Baco de la forma tradicional... con bacanales.

Las obvias preguntas de niño giraron al *quién es* y *qué son*. De ahí, se podía escuchar a un padre relatarle a su hijo sobre religiones en la antigua Roma. Hasta le hacía relatos fantásticos de como ellos eran descendientes de esa civilización y de los dioses que copulaban con los humanos. Esa mentira hubiera complacido a Jeremías, quien disfrutaba de mofarse de quien las creía.

Luego comenzaron las historias de las peripecias de Jeremías. Cuando metió en líos al presidente de la universidad o la vez que inundo el dormitorio universitario o cuando se le entró en la cabeza comprar su prostíbulo predilecto porque 'era una inversión segura'. Todas las historias las habían escuchado antes. Ninguna era nueva, pero siempre les entretenía. Las favoritas eran sobre las veces que lo tuvieron que ir a sacar de la cárcel.

En una ocasión lo arrestaron por defecar en la tumba de un Ex Gran Maestro. Agravando la situación fue que cuando los policías lo intentaron detener comenzó a darle bastonazos. Y a gritar improperios contra la policía y la persona que estaba enterrada. Por serio que fuere, siempre era divertido recordar a un anciano, de más de 80 años, bajándose los pantalones para defecar en una tumba, peleando con policías con su flácido y pequeño pene al descubierto, gritándoles 'catamitas' (insulto que ninguno entendió). Para luego mostrarse desafiante ante los jueces. Más gracioso era verlo cumplir las horas de labor comunitaria limpiando el cementerio que deshonró.

Cuando Jeremías cumplió los 90 años el nuevo Muy Respetable e Ilustre Gran Maestro, el blanqueado nieto del único Muy Respetable e Ilustre Gran Maestro negro, Nicolás, le quiso hacer un homenaje (a manera de disculpa por lo que había sucedido en el pasado), de inmediato y muy contento Jeremías aceptó. Sólo para orinarse en el Muy Respetable e Ilustre Gran Maestro durante el homenaje frente a todos los 'hermanos de logia' y caerle a bastonazos a los lacayos que lo intentaron detener. Sus hijos, policías y carcelarios, se reían al pagar la fianza para sacarlo de la cárcel. Esa vez no se le presentaron cargos.

Esas historias siempre arrancaban carcajadas de los descendientes de Jeremías.

Para terminar la actividad la hija menor de Jeremías, Rut, comenzó a declamar uno de los poemas favoritos de Jeremías, el Himno a Pan de Aleister Crowley. El cual fue una guía para la vida de Jeremías. De manera muy dramática comenzó:

"Estremézcanse con la tenue luz de la lujuria,
levantándose de noche
¡Pan! ¡Oh, Pan!
¡Ven del mar,
de Sicilia y de Arcadia!
Correteando como Baco, con faunos y leopardos
y con ninfas y sátiros como tus guardianes.
Ven con el sedoso revestimiento de Artemis,
y limpia tu blanco muslo, hermoso dios.
¡En la luna del bosque, en la montaña de mármol,
en el hoyuelo ámbar del comienzo de la
mañana!
..."

La dramatización le tomó varios minutos a Rut. Ella había ensayado varios meses para hacer de esa declamación una memorable. Esa era la primera vez que la hacía y quería que sus hijos se sintieran orgullosos de su madre. Como ella se sentía orgullosa de la vida que llevó su padre.

Por sus actos los conoceréis, era la cita bíblica favorita de Jeremías y las historias fraternales de él serán recordadas por muchos años en todos aquellos que las conocen y conocerán.

Fin de la Infancia: Otro Melodrama

Jeremías miraba los expedientes con su eterno acompañante. Con esa 'persona' que activamente competía por su atención, afecto y amor... el café. Más que tomarlo, él se lo estaba disfrutando. Como se disfrutaba en la exquisita experiencia de los secretos bacanales. En el silencio de esa habitación, en medio de ese éxtasis, una epifanía lo sorprendió.

I

En la falsa arrogancia de las logias (y tal vez de todos los grupos sociales), hay muchos personajes que alardean de poder catar los vinos. Mientras otros reclaman poder reconocer las minúsculas diferencias en los *whiskies* o el tabaco. Por su parte Jeremías decía que podía hacerlo con el café.

Muchas veces se le escuchó decir, en una seria broma, que 'utilizaba drogas para mejorar su rendimiento' o 'que el café era su droga favorita'. Como fuere, lo que si era un hecho verificable es que en muy pocas ocasiones se le podía ver sin una taza de café. A veces Rut le decía en simulado reproche,

-Amas a tu café.

Quizás Jeremías no tuvo una epifanía. Tal vez fue el efecto psicótico que tiene grandes cantidades de cafeína en el cerebro lo que le brindó ese raro momento de lucidez. Envidiable por cualquier budista o místico en búsqueda de esas psicóticas experiencias. Donde todo lo irrelevante se desvanece y alguna evidente verdad es revelada. Ese momento de iluminación le mostró que,

Él había triunfado sobre todos sus enemigos... sus antiguos hermanos de logia... la Respetable logia Hijos de la Lucerna del Alba... los hermanos de los Grados Superiores... pero muy en especial su victoria fue total contra Santiago, sus lacayos y su Gran Oriente Nacional y Soberano...

II

Su proceso de separación de la logia fue uno muy tortuoso. Los eventos que lo llevaron a 'mandarlos pa'l carajo' fueron estresantes para él y su familia. Ya que la cacería perpetrada por los 'hermanos de logia' contra Jeremías, en los niveles personales, familiares y profesionales, parecían eventos de las novelas de conspiración.

Todo comenzó cuando Jeremías se negó a encubrir un acto de corrupción. Cuando le dijo al Venerable Maestro Miguel 'no te voy apoyar en nada ilegal'; Cuando reiteró su posición ante el Diputado Gran Maestro Carlota; Sellando su sentencia cuando le dijo al Muy Respetable e Ilustre Gran Maestro Santiago, 'no me disculparé o cederé ante un corrupto, homicida, embustero y tramposo... el hacer eso sería un acto de cobardía'. Finalmente mostrándose poco 'cooperador' con el proceso inquisitorio que el Honorable Hermano Edmundo lideró.

Jeremías pensó que trataba con verdaderos 'hermanos de logia'. Cuan equivocado estaba. Las acciones de esos 'hermanos' luego de su intransigencia ante a la corrupción (y las faltas de ética y moral) fue lo que convirtió lo que parecería una derrota en una aplastante victoria.

Porque los 'hermanos de logia' de todo el país demostraron su verdadera calaña. Sus acciones pusieron al descubierto que las logias estaban llenas de *personajuchos* corruptos, oportunistas y cobardes.

III

Sólo Cesar, Octavio y David dijeron algo cuando Santiago y sus lacayos ilegalmente utilizaron el proceso penal para atacar a Jeremías. En su defensa lograron demostrar que él no era culpable de los cargos que el Venerable Maestro Miguel fantaseó. 'Yo soy inviolable, el Venerable Maestro ordena y dirige su logia a su mayor conveniencia... y Jeremías no me deja', le protestaba Miguel a Santiago. De la intransigencia de Jeremías a encubrir los actos de Miguel. Ese dictamen de no culpabilidad fue lo que impulsó a que Santiago ilegalmente asumiera la jurisdicción sobre la logia y tratara de expulsa a Jeremías.

Ni siquiera expulsarlo ilegalmente pudo hacer Santiago. Los Ex Grandes Maestros, le informaron a Santiago que no podía expulsar a un hermano sin el debido proceso de ley estipulado en las logias. En su infantil furia Santiago no se daba cuenta que esos Ex Grandes Maestros lo único que hacían era protegerlo. Pero más importante, protegerían al Gran Oriente Nacional y Soberano de los efectos legales de las malas decisiones y berrinches de Santiago.

La frustración de Santiago y Miguel se acrecentaba cuando los investigadores del Gran Oriente Nacional y Soberano volvieron a exonerar a Jeremías, y hasta le dieron la razón en sus reclamos. 'El Muy Respetable e Ilustre Gran Maestro es infalible... esa es la ley... Yo soy el Muy Respetable e Ilustre Gran Maestro', proclamaba en angustia Santiago a sus lacayos. Él se revolcaba del coraje al no poder deshacerse de Jeremías como tan fácil en sus fantasías se presentaba. Él era el Muy Respetable e Ilustre Gran Maestro, cómo era posible que sus caprichos no se pudieran realizar.

-Jeremías tenía que ser uno de los 'Magos Negros' más poderosos del país.

En algún momento le advirtió a Santiago la psicótica Aloysia. Ella debía tener *la razón*, ella era la autoproclamada experta en 'ocultismo' y símbolos y otros 'grandes secretos' de las logias antiguas. Hasta conocía a Jeremías de otras órdenes esotéricas.

-Él logró la iniciación negativa.

Le dijo Sebastiana, quien por maquiavélicas acciones había reclamado el título de Diputado Gran Maestro para el Distrito Sur. Como alguien con tan alta posición en las logias del país podría dar información sin verificar (o verificable).

-Usted sabe que en la iniciación de logia se mueven energías poderosas y un Gran Mago Negro las puede utilizar a su gusto y gana.

Dijo Ramona, uno de los más viejos miembros de la Muy Respetable e Inmaculada Logia Hijos de la Lucerna del Alba. Con tantos años de experiencia en la logia cómo esa vieja se podría equivocar.

IV

Todas esas explicaciones le parecían muy lógicas a Santiago... y a todos sus lacayos. Ante tan peligroso 'hermano' el Muy Respetable e Ilustre Gran Maestro Santiago le ordenó a todos los 'hermanos de logia' a romper todo tipo de relación con Jeremías. No podían mantener relaciones de negocio y menos de amistad.

-Iluminado y Venerable Maestro, no permita a personas indignas en esta logia.

Le dijo Santiago, más que al Iluminado y Venerable Maestro de la logia *Anima Rex*, a todos los 'hermanos de logia' que visitaban durante la instalación de sus oficiales y dignatarios. Esta logia, errónea y *presunciósamente*, había sido proclamada como la Universidad de las Logias. Por supuestamente ser la más espiritual y con un mayor conocimiento filosófico. Una gran mentira. Otra más de las miles de mentiras que se cuajan en las logias de la isla.

La logia *Anima Rex* había sido una de las más que Jeremías había ayudado. Otro de sus grandes sus errores. La ingratitud de los 'hermanos de logia' no tiene límite. Muchas veces el Iluminado y Venerable Maestro de esa logia le decía a Jeremías,

-Usted sabe que se le aprecia.

Mientras que otro en forma bombástica, para que todos lo escucharan, decía,

-¡Mi hermanito!

A la vez que muy efusivamente le daba un fuerte apretón de manos. Jeremías siempre pensó, pero nunca dijo, 'hipócritas'. Ese Iluminado y Venerable Maestro y los 'hermanos de logia' pretendían ser lo que no eran.

Santiago concluyó su cantaleta con,

-Recuerden que los hermanos bajo investigación no son
    hermanos.

V

Cuando Santiago le devolvió la Carta Constitutiva, que había retenido ilegal e inmoralmente a la Respetable Logia Jerusalén, para así poder asumir jurisdicción sobre Jeremías y proteger a Miguel, proclamó triunfalmente que se había eliminado al 'Profeta de la Discordia' . Como animales maltratados, los temerosos y cobardes hermanos de esa logia dijeron, 'Lo que usted diga Muy Respetable e Ilustre Gran Maestro'.

Eran una visión patética todos esos 'hermanos de logias'. Cabizbajos y sumisos ante la maldad. Ese día Miguel volvió a sonreír.

VI

En la mejor tradición romana el dictador Santiago le ordenó a los 'hermanos de logia' a hacerle daño a Jeremías si en su poder estaba. Los autómatas que crea las logias obedecieron. Esa incuestionada obediencia logró que Santiago se sintiera mejor consigo mismo y con el título que había adquirido en unas elecciones.

No había logia que apoyara más ciegamente a Santiago que la Muy Respetable e Inmaculada Logia Hijos de la Lucerna del Alba. Las razones eran desconocidas por todos. Muchos decían que se habían vendido por las dadivas de Santiago. Inmerecidas si se considera que esta logia nunca apoyó a Santiago en la campaña eleccionaria que lo llevó al poder... ni siquiera fueron a votar en las elecciones.

Otros decían que era por su odio a la Respetable Logia Jerusalén, a Cesar (quien en algún momento le 'arrebató' un título a Sebastiana), pero en especial por el odio a Jeremías.

Independientemente de la razón, le era muy conveniente a Santiago. Porque esa logia tenía en su matrícula a muchos policías del área sur. Lo cual se debía a que el comandante de la división de homicidios era un 'hermano de logia'. Como era de esperarse muchos se unieron a la logia donde él era miembro. Tenían la esperanza de lograr el favor de su comandante y 'hermano de logia'.

Como acólitos acéfalos, estos policías y 'hermanos de logia' utilizaron sus posiciones como agentes del gobierno para hostigar a Jeremías. Estaban obedeciendo las órdenes del Muy Respetable, Venerable e Inviolable Maestro Arístides y del Muy Respetable Venerabilísimo, Ilustrísimo e Infalible Gran Maestro Santiago, ¿qué podrían estar haciendo mal?

Liderados por Luis Eduardo, hambriento hombre por las inconsecuentes glorias y falsa espiritualidad que ofrecía las logias, en una serie de actos ilegales, visitaban a las amistades de Jeremías. Todo en búsqueda de algo que sus amos pudieran utilizar en su contra. Se presentaban a las amistades de Jeremías como 'agentes del orden público' quienes realizaban una investigación criminal.

Muy preocupados los amigos de Jeremías le llamaban, 'Mano, ¿qué paso? Porque unos guardias están preguntando de ti.' Las escuetas explicaciones que le daba Jeremías no los convencía. Sus amigos se preocupaban por él, y sabían que tenía que ver con la logia. El muy morón de Luis Eduardo no se quitó su anillo de logia cuando cometió los actos ilegales.

Más que cualquier subterfugio que Jeremías hubiera tramado con sus amistades, el desprestigio de la policía de la isla lo protegió. En un país maniatado por la corrupción, un policía era el máximo símbolo de la corrupción. Luego de los políticos que controlaban el país (y a los policías).

Lo más frustrante para esos 'hermanos de logia' fue que nunca encontraron nada tan trascendental que pudiera servir para hacerle daño a Jeremías. Lo que sí hicieron estos 'hermanos de logia' fue utilizar su influencia profesional para encubrir los actos ilícitos de Miguel.

VII

Cuando Jeremías descubrió y confrontó a Miguel con evidencia que estaba malversando los fondos de la logia y falsificando documentos, este último le hizo una advertencia Jeremías,

-Te tranquilizas o te hago como le hice a mi hermano.

Un ex policía que había sido expulsado de la 'fuerza', Miguel había matado a su hermano. Luego de un altercado familiar provocado por él mismo, Miguel desenfundó su arma de reglamento y le propino 6 disparos a su hermano. Luego dijo que fue en defensa propia. Los muertos no hablan.

Al ir a la policía a establecer una querella y pedir protección, ambas le fueron negadas a Jeremías. Como Miguel no dijo 'te voy a matar' los policías tuvieron la excusa para no tomar acción alguna. La realidad era, que ningún policía iría contra otro policía. Todo bajo la mirada protectora del Jefe de los Fiscales, el Abogado Cisco, quien también era un 'hermano de logia'. Qué 'hermano de logia' permitiría que alguien le presentara una querella a otro 'hermano de logia'.

Como era de esperarse, Santiago le dio todos los reconocimientos posibles a esos buenos 'hermanos de logia' que no permitieron que Jeremías reclamara protección contra un fratricida.

VIII

El hostigamiento de Jeremías continúo en otras áreas. Otro de los fracasados que se refugiaba en las logias lo fue el

Capitán Velá. Quien sólo llegó a ser un sargento en el ejército regular y fue 'dejado ir' por un desempeño mediocre. Ahora, gracias a sus 'hermanos de logia' tenía una comisión como capitán en la Milicia Nacional.

El Capitán Velá fue el oficial encargado de procesar la comisión militar de Jeremías. Comisión que nunca fue enviada a los cuarteles generales. El Capitán Velá era 'hermano' de una logia del área oeste que se vanagloriaba de ser la cuna de algún prócer olvidado.

Como buen 'hermano de logia' utilizó su posición profana para hacerle daño a Jeremías.

Un 'hermano de logia' impidió que Jeremías fuera un oficial de la Milicia Nacional. Al igual que hizo con el Dr. Nando, Santiago utilizó la Gaceta Semanal para alabar la encomiable labor del hermano Velá.

IX

Otros de los siervos de Santiago, quien no podía evitar el contacto con Jeremías, hacía todo lo posible para dañarlo. Como buen lacayo de su amo, el Doctor Nando atacaba siempre que podía a Jeremías. Especialmente en las actividades familiares. Era difícil evitar a Jeremías, el Doctor Nando era el esposo de su hermana.

El Doctor Nando nunca leyó los libros que escribió Jeremías. Ni presenció alguna de sus conferencias o entrevistas. Sin embargo proclamaba que los temas de los que escribía y sus posiciones políticas y filosóficas eran incompatibles con las ideas de la logia. Cuando Jeremías no estaba cerca, y después de unas cuantas cervezas para cobrar valor, en varias ocasiones se le escuchó decir con sumo desdén,

-Un hermano de logia no piensa de esa manera.

En su borracho intento de público anonimato, lo que el Dr. Nando verdaderamente quería decir era 'quien no piensa como Santiago no debía ser parte de la logia'.

Si el Dr. Nando se distinguió en algo era en ser un cobarde. Como otros tantos de los 'hermanos de logia' ninguno se atrevía a decir cosa alguna en la presencia de Jeremías. Siempre hablaban en voz baja con la esperanza que ninguno de los amigos de Jeremías lo escuchara. Pero el Dr. Nando era en igual medida pávido e imprudente.

El Dr. Nando siempre le tuvo recelo a Jeremías. Luego de la imprudente amenaza que le hizo ante la familia, y el ron, hacía todo lo posible de no participar en las actividades familiares en las que Jeremías participaba.

La peor crisis familiar provocada por la logia no fue cuando el Dr. Nando y sus bastardos amenazaron a Jeremías. Fue cuando en la típica cobardía del 'hermano de logia', él aprovechó la ausencia de Jeremías, y todo el barato ron que había tomado, para declarar,

-Si Jeremías sabe lo que le conviene él se iría de la isla...

Porque si sigue, nosotros, le vamos hacer cosas muy malas.

La indignación de los miembros de la familia no se dio esperar. Cómo un familiar podía poner a la logia sobre la familia. ¿Quién podría ser tan iluso en pensar que la familia apoyaría a la logia en destruir a uno de sus miembros? Es una gran mentira que los 'hermanos de logia' ponen primero a sus familias.

X

Santiago fue proactivo en la persecución de Jeremías. Él se dedicó a intimidar a todos los posibles abogados de logia que pudieran defenderlo.

Cuando Jeremías logró obtener los servicios de un joven abogado de logia, Santiago, simplemente ignoró todas las mociones. 'Vas a tener que conseguirte a un 'hermano de logia' de más renombre', le advirtió el Hermano Salomón a Jeremías.

Ese joven abogado de logia, un creído idealista, suposo que con la verdad podría ganar. Creía en la pureza de los procesos, que eso sería suficiente. La verdad no existe en las logias. Esta se esclaviza a la conveniencia de los que están en posiciones de poder.

Armado con la simple verdad, los esfuerzos por hacer justicia del joven abogado de logia nunca dieron resultados y eventualmente se dio por vencido... o se vendió.

XI

Dios o Satán le sonrió a Santiago. En la eterna búsqueda de los 'hermanos de logia' por reconocimientos y poder, el joven abogado de logia decidió transferirse a la que en ese momento era logia más importante del país... la Respetable Logia Jerusalén. Eso le dio a Santiago poder sobre ese joven abogado de logia.

Cuando el joven abogado de logia dejó de responder a las llamadas de Jeremías. Cuando en las actividades sociales evitaba compartir con él, Jeremías supo que ya no tenía abogado.

Luego Jeremías contrató los servicios de un prominente abogado de logia. Uno de los grandes juristas de las logias del país. Que hasta había liderado a la Suprema Comisión de Justicia, Fiscalía y Tribunal, cuando las logias eran una institución que respetaba su propia ley y orden. Este abogado era más que un contrincante contra Santiago y Edmundo. La realidad es que Jeremías nunca sabrá lo que sucedió, ya que ese abogado de logia simplemente hizo nada y nunca volvió a hablarle a Jeremías.

XII

En algún momento Jeremías pensó que había sido derrotado. Cuan equivocado estuvo. Para poder deshacerse de él se necesitó grandes recursos, varios años de trabajo y coordinación de muchas personas y logias.

En la cuenta final se necesitaron los esfuerzos de 3 logias con su Diputado Gran Maestro de Distrito, el apoyo de un Gran Maestro que 'torció muchos brazos', la coordinación del sequito y oficiales del Gran Oriente Nacional y Soberano, la destrucción de una logia, la expulsión de tres distinguidos Ex Venerable Maestros, la compra de un familiar y la traición a una familiar, la activación de una comisión especial para 'disponer' del caso de manera 'adecuada' y la implantación de una ley de mordaza a todos los miembros de las logias del país.

Tantos esfuerzos y recursos para lidiar con un sólo hombre.

Jeremías no debió sentirse derrotado, debió sentirse alagado. Lo que solidificó la victoria de Jeremías fue cuan bajo tuvieron que caer los 'hermanos de logia' para deshacerse de él. Para expulsarlo necesitaron quebrantar todas las reglas de las logias. Los grandes hipócritas de las logias tuvieron que quebrantar todos los códigos morales y de ética de las logias y de la sociedad 'profana'.

-La Constitución y el Código Administrativo, Criminal y
 Civil, valieron y valen mierda.

Solía recalcar Jeremías.

Sus altos ideales fueron sacrificados en la persecución de quien se negó a doblegarse ante la corrupción. La hermandad no existe cuando la verdad es inconveniente.

XIII

'No te preocupes, que el mierdero que han formado los va a salpicar a todos', le dijo David en una conversación impensada a Jeremías. En su momento David (además de Cesar y Octavio en la Respetable Logia Jerusalén) había sido el único que defendió a Jeremías en el Gran Oriente Nacional y Soberano. Confrontando a Santiago con lo errado de sus acciones. Por lo integro que David siempre fue Santiago sólo pudo bajar la cabeza y quedarse callado (con Cesar y Octavio, Santiago intentó hacerle lo mismo que a Jeremías pero fracasó).

Aun así David tuvo que pagar un precio por su integridad. Luego de haberle dicho la realidad a Santiago, David fue desterrado de los círculos de poder en el Gran Oriente Nacional y

Soberano. Conjuntamente, Santiago comenzó a apoyar a Arístides, el 'Gran Traidor del Alba'.

XIV

Al final del sendero ni puestos o títulos dentro de la logia los pudo proteger del 'mierdero' que ellos mismos habían creado. Ni la ley de mordaza los protegió de la mierda, poco a poco, los hermanos se enteraron de lo que hicieron. Poco a poco 'los profanos' a las logias se enteraron de lo que los 'hermanos' hicieron y otros cobardes 'hermanos' permitieron... y otros más, aprovecharon para adelantar sus causas electoreras o en la logia, o ansias de poder.

Jeremías ganó, porque los desenmascaró. La falta de calidad del *ser humano* en las logias fue puesta en evidencia.

Disfrutando de su café, al punto del furor orgásmico, Jeremías sonrió. Él sabía que las logias de la isla eran una institución en decadencia. Él estaba seguro que en menos de 100 años ya no habrían logias. No por las acciones de personas externas a las logias; ya que la mayoría del populacho le era indiferente las logias. Ni por hechizos o conjuros; que son meras supersticiones y fantasías. Sino por las acciones de sus miembros.

En la búsqueda del dinero de una cuota de membresía y costas especiales, habían bajado demasiado los estándares.

Criminales y desajustados emocionales y mentales eran los que querían ser 'hermanos de logia'. Además de los oportunistas que creían poder adquirir dadivas y favores de sus 'hermanos de logia'. Complementado la matricula los fracasados que nunca habían logrado algo de importancia en sus vidas. Buscando ser parte de la logia para poder decir que hicieron algo de relevancia.

Jeremías dejó salir una carcajada. De esas que solía dejar escapar cuando estaba solo. Él sabía que viviría más que todos ellos. Sabía que ellos seguirían asechando su vida. Que ellos verían todos sus logros con gran envidia. Porque ninguno lograría ser mucho en sus vidas, más que un miembro en una institución irrelevante que vive de las glorias del pasado.

Un pensamiento reconfortaba a Jeremías. Que él vería las tumbas de todos los falsos 'hermanos de logias', de los presumidos Venerables Maestros y de los arrogantes Grandes Maestros... pero muy en especial la de Santiago.

Jeremías se disfrutaría ver cerrar las puertas de muchas logias. Y otros tantos grupos psicóticos que plagaban al país. Grupos que fomentan ideas fantasiosas y quienes creen las mentiras de sus propias leyendas. Esas mentiras contribuían activamente a la decadencia de la isla.

Jeremías estaba complacido y feliz...

Coda

Santiago odiaba con vehemencia a Jeremías. No por su insolencia o falta de sumisión a su autoridad (de esos habían muchos). Su odio se fundamentaba en que Jeremías no permanecía en silencio. No le daba la oportunidad de esconder todos sus actos impíos. Ni de buscar alternativas que le permitiera escapar de todos los actos impropios que había efectuado, conocido o permitido cuando era 'hermano de logia' y en especial cuando fue Muy Respetable e Ilustre Gran Maestro.

Sobre todo Santiago odiaba a Jeremías porque este era un escritor.

Jeremías no era un buen escritor, él lo admitía libremente. No tenía la *virtuosidad* de un verdadero escritor. Ni poseía el dominio del verbo escrito que un escritor debía tener. Mucho menos tenía la maestría de la reglas de la lengua.

Lo que Jeremías si tenía era la suerte de tener los contactos profesionales necesarios para lograr publicar sus ideas. Lo que si Jeremías tenía era la técnica para transmitir con claridad una idea... y perpetuarla en escritura.

En algún momento se le escuchó a Jeremías citar de una película,

Los descuartizaré en ficciones.
Cada imperfección.

Cada defecto en su carácter.

Estuve desnudo por un día.

Ustedes estarán desnudos por la eternidad.

Eso incrementaba el odio de Santiago hacia Jeremías. Porque entre metáforas y alegorías Jeremías estaba develando todo lo que era Santiago. Todos sus secretos, todas esas acciones que nadie debía conocer, Jeremías las ponía para que todos las vieran. En su impotencia Santiago odiaba.

-Te puse un investigador privado, se todos tus secretos...
y los de las personas más cercanas a ti... A Carlota y a
Miguel, a Nando y Edmundo... y a Tiago... '

Le dijo Jeremías en voz baja y al odio a Santiago.

-¿Por qué no le haces una prueba de drogas a tu
nietecito o a Arístides? Y después hazlas publicas...

Le retó Jeremías a Santiago.

En su arrogancia Santiago despachó los reclamos de Jeremías. Pero en secreto le ordenó a su nieto realizarse las pruebas de detección de uso de drogas. Tiago no quería, pero estaba obligado. Su abuelo lo amenazó con quitarle todo lo que le había dado. Tiago accedió, los resultados le merecieron una bofetada de Santiago.

Santiago sólo le dijo a Arístides,

-Deja de hacer lo que estás haciendo que sabes no debes
hacer.

Durante su año en la Gran Maestría, Jeremías fue la fuente de desgracias para Santiago. En su perversidad Jeremías había guardado más desdicha para Santiago.

Cuando Jeremías proclamó, 'ya no me interesa ser parte de la logia'... fue el peor día para Santiago. Ya él no tendría poder sobre Jeremías. Ya no habría forma de coaccionarlo a la obediencia.

No habrían perdones y absoluciones que compraran su silencio... no habrían honores que darle para que éste se convertirá en el bardo de la Gran Maestría de Santiago...

En ese día Jeremías se convirtió en el escriba de todos los defectos de Santiago. En el Poeta Hendido del Averno que se encargaría de proclamar y perpetuar quien verdaderamente era Santiago y todos los que le seguían...

Ese día Santiago lloró...

Tabla de Contenido

MARTELL

Jeremías: Una Breve Biografía

Nace y es criado en la iglesia católica apostólica y romana.

Comenzó sus pasos en el esoterismo durante su adolescencia. Aprendiendo santería de su tía abuela. Luego pasa a practicar el espiritismo, el palo y el espiritualismo kardesiano. Llega hasta Cuba para rayarse en palo.

En un momento de crisis espiritual comienza a practicar el orientalismo. Artes marciales, yoga, taoísmo y budismo (Chang y Kadampa). Logra cinturones negros en Shaolin y Chow Gar y varias iniciaciones budistas, como Kalachakra y Vajrasattva.

En otro cambio de prácticas espirituales se involucra con las órdenes esotéricas. Logra la iniciación y avanza en los grados de la Orden del Atardecer Dorado y la Orden de la Estrella Platina. Estudia con los teósofos y los del Cuarto Camino. Coquetea, pero no llega al coito, con la Orden Samaelina y la Fundación para la Transformación del Pensamiento. Se inicia en las Ordenes de R.R. y D.C. y la Pascualina de Teúrgia Cabalista, pero las abandona luego que adquiere la totalidad de sus enseñanzas en un bazar. Estudia cábala en sinagogas y sufismo en las mezquitas. Finalmente se inicia y avanza en los grados de la Orden del Templo de Oriente y la Iglesia Gnóstica Católica.

De ahí pasa a las órdenes fraternales. Se une a la Orden de los Trabajadores y a la Fraternidad. Avanza en los grados y asciende en los puestos. Se convierte en escritor y conferenciante de la Fraternidad. También descubre de la hipocresía y chismes de las ordenes fraternales.

En esta época cambia su perspectiva de lo espiritual. Se convierte en un materialista capitalista y se dedica a la adquisición de bienes materiales. La Fraternidad condena esta faena como innoble, pero quiere que comparta su fortuna con los hermanos.

En la fraternidad descubre que el Maestro de Logia era un corrupto y homicida, que estaba malversando los fondos de la logia y falsificando documentos. La Gran Logia de la Fraternidad le exige obediencia y lealtad a ese corrupto y homicida.

Su decepción con las órdenes fraternales lo llevan a reevaluar sus posiciones. Escribe libros y artículos detallando sus experiencias y revela la verdad que las ordenes fraternales no quieren que se sepa. Recibe múltiples amenazas de los 'hermanos de logia'.

Finalmente regresa a la iglesia católica apostólica y romana. Convirtiéndose en un gran devoto a las prácticas cristianas y leal a la 'iglesia de Roma'. Teniendo como ejemplo a San Judas Tadeo y Saúl de Tarso. Ha considerado unirse al Opus Dei.

www.ingramcontent.com/pod-product-compliance
Lightning Source LLC
Chambersburg PA
CBHW060953030726
47503CB00003B/851